恋を知るには向かない職業

椎崎夕

幻冬舎ルチル文庫

CONTENTS ✦目次✦

恋を知るには向かない職業

✦カバーデザイン＝chiaki-k（コガモデザイン）
✦ブックデザイン＝まるか工房

イラスト・亀井高秀✦

恋を知るには向かない職業

どこでもかしこでも歓迎されると、自惚《うぬぼ》れていたわけじゃない。

でも、けれどだからといって——いくら何でも、これはない。

1

「では、わたしはこれで。本当に、長いことお世話になりました」

マンションにしては広すぎる玄関先で、今日会ったばかりの女性が丁寧に頭を下げる。

その様子を、羽柴香《はしばカオル》はいつになく不安な気分で眺めていた。

「いや、こちらこそずいぶん世話になりました。あなたがいてくれて本当に助かった。今後もし困ったことがあれば、いつでも遠慮なく連絡してください。可能な限り力になります」

「ありがとうございます。でしたらわたしの後輩を、あまり虐《いじ》めないでくださいね？」

ひょこりと顔を上げた彼女が、衒《てら》いなく言い放つ。とたん、人ひとり分の距離を空けて斜め前に立つ男——今日から正式に香の雇い主となった人物が気配を変えた。

「虐めた、覚えはありませんが」

「ご自分の認識と他人の感じ方には齟齬《そご》があるものです。そもそも有田《ありた》さんは、おうちでは愛想を出し惜しんでおいでですしね。せっかく見つかった若くて可愛《かわい》くて仕事ができる子を無下にしたあげくやっぱり戻ってくれと仰《おつしや》られても、今回ばかりは応じられませんし？」

そこまで言って大丈夫なのかと思ったのを見透かしたように、彼女——香の前任となる家政婦がこちらを見る。僅《わず》かに皺《しわ》の寄った柔和な目元で微笑《ほほえ》んでみせたかと思うと、澄まし顔で視線を香の斜め前にスライドさせた。

「……中野《なかの》さんは、今日が初対面でしょう。仕事ができると判断するには早すぎませんか」

「朝からほぼ丸一日、お掃除お洗濯買い出しお料理お迎えの準備にお食事のセッティングと一通り見せていただければ十分です。これは真面目なご忠告ですけど、その子は逃がしちゃ駄目ですよ。慣れてからもですけど、慣れるまでは特に手加減してあげてくださいな」

不本意そのものの男の声音にも、まったく動じず淡々と返すあたりはさすがを越えて「いいのか？」と思ってしまう域だ。勤続年数二桁《けた》越えだからこその台詞《せりふ》だろうが、その倍勤めたとしてもまず香には言えそうにない。

どう反応すればいいのか見当がつかず曖昧な笑みのまま固まっていたら、斜め前からため息が聞こえた。低くて通りのいい声が続く。

「お身体《からだ》に気をつけて、お元気で。あまり無理はされないよう」

「ありがとうございます。有田さんも、お休みはきちんと取ってくださいね。そうそう、可愛いお嫁さんがほしくなった時はいつでも連絡——」

「そこはお気持ちだけで結構です」

鬼門だったのか、速効の勢いになった断りに彼女が笑う。男に丁寧な目礼をしたかと思うと、今度こそまっすぐに香を見た。

「わからないことや、どうしても困ることがあったら遠慮なく連絡してね。あと、何度も言ったようにこちらのご主人は愛想なしの偏屈なだけで、そう悪い人じゃないから」

――ちょっと待て。それを本人の目の前で言うか？

さらに言葉に詰まった香の斜め前で、件《くだん》の「ご主人」の機嫌が下降した気配がする……のは、できれば思い過ごしであってほしいのだが。

かちかちになった沈黙の中、香は辛うじて営業用の笑顔を作った。

「えと、いろいろ教えてくださりありがとうございます。勉強になりました」

「こちらこそ。熱心で飲み込みがよくて、教え甲斐《がい》のある生徒さんだったわ」

じゃあね、と手を振る彼女が玄関ドアの向こうに消えるまでを見送った。ちなみにここの玄関ドアは、そう呼ぶには躊躇《ためら》う「エレベーター扉」だ。各戸に専用エレベーターがあるマンションがこの世に存在することは知っていたが、実物を見たのはここが初めてだ。

「……風呂は」

「あ、準備ならできてます。お着替えも用意してますので、いつでも――」

エレベーターの階数表示が一階で止まったタイミングで、斜め前から声がする。反射的に答えて顔を上げると、肩で振り返っていた男とまともに目が合った。

表情が薄いせいか冷ややかにしか見えない容貌《ようぼう》は、整っていながら精悍《せいかん》そのものだ。香自身が平均身長を割っているせいか、それとも相手が明らかに群を抜いた長身だからか、こうして相対しているだけでとんでもない威圧を感じた。

表情は、「無」に近い。なのに、明らかに——睨《にら》まれている。

察して半歩後じさったら、男は軽く鼻を鳴らした。興味を失ったふうに、背を向けて離れていく。向かう先は浴室ではなく、どうやら廊下の奥に当たる当人の自室だ。

やや離れたドアが閉まる音を聞くなり、電池が切れたようにその場にへたり込んでいた。はあ、と短く息を吐いて、香はエレベーターもとい玄関ドアを見る。

「今日で終わりってことは、この後はおれひとりであのヒトの世話すんの……住み込みで？」

言葉にしたら、本気で頭痛がしてきた。

「ああいうヒト、苦手なんだけど……っていうか、アレ絶対おれのこと覚えてる、よね」

今日から始まる、新規の仕事先だ。「有田真史《まさふみ》」という名前を聞いたのが四日前で、昨日サインした契約書にもその通りの署名があった。

初めて会う人だとばかり思っていたのだ。まさか、それが二年前に一度だけ奇妙な経緯で顔を合わせていた相手だとか。おまけに今日会った瞬間に、おそらく双方同時にそれと思い出してしまう、とか。

「さい、あく……なままで、終わらなきゃいい、んだけど」

相当どころでなく気は重いが、仕事は仕事だ。雇い主、もといご主人さまが風呂をすませる間に夕飯の片付けと、明日の朝食弁当の下準備をしておかなければならない。

気合いを入れて、香は思い切りよく腰を上げる。マンションにしては長い廊下をリビングへと引き返しながら、掃除が大変そうだと頭のすみでそう思った。


住み込みであれ通いであれ、「家政婦」の仕事には何かと制約がある。

一番には仕事環境、特に設備や道具類だ。たとえキッチンにろくな道具がなくても買ってほしいとは言いづらいし、言ったとして叶《かな》うとは限らない。冷蔵庫がビジネスホテル並みの容量しかなくても、その中身が偏りに偏っていても、「それで今すぐ何か作れ」と言われたら「どうにか」するしかない。

香が体験した中で一番アレだったご主人さま――依頼人は、料理などしたことがないと言っていた。立派な分譲マンションのキッチンは吊り戸棚や抽斗《ひきだし》のみならずシンクの中まで紙類で埋まっていて、鍋どころかヤカンも湯沸かしも、小皿の一枚すらも置いていなかった。

いっそ存在が不可思議に見えるほどだった冷蔵庫の中身は酒と氷と水のみ、食料はリビングのすみに放置された袋の中の乾き物のつまみだけ。食事はと聞けば「外食か弁当」と即答され、その続きで「今すぐ和食が食べたい。老舗《しにせ》旅館で出てくるようなヤツ」と命じられた時は、途方に暮れるより頭が真っ白になった……。

「それを思うとかなりマシっていうか、上等だよね」

たった今、扉を閉めた食器洗浄機はおそらく最新式だ。機械と水流の音を聞きながら目を向けた先の調理台は広く清潔な平面だけで、つまりは何も置かれていない。複数の鍋やフライパンとそれ用のツール、多機能つきのオーブンや使いやすいと評判のメーカー品はそれぞれの扉の内側に整然と並んでいて、他にも各種料理に使う諸々《もろもろ》の道具が使用頻度に合わせて収納されている。仰《の》け反《ぞ》るほど種類豊富だったスパイスを含めた調味料は、ほどよい数と種類の食器類とともに背後の食器棚に収められている。

食材ストックについては原則として二人前を三日分、これは不慮の事態で買い物できなかった時を想定しているのだそうだ。

（毎日買い物して新鮮なものをお出しするのが一番なんだけど、念のためにね）

「かなりっていうか、相当なベテランだよね……惜しいことしたなあ」

ぽろりと口からこぼれたのは、掛け値なしの本音だ。

家主である有田は、いっさい家事をしないのだそうだ。長年のつきあいもあってか、家の中のことは基本的に前任の家政婦任せだったようで、キッチンだけでなくサニタリーの機器や備品も含めたルール化もすべて彼女が統括してきたわけで。

「講師料払うって言ったら教えてもらえるかな……や、でもやっと引退できたんだったらその気になれないか。辞めたいって言って今年で五年目だとか言ってたし。――っていうか、そんなヒトの後釜とか、本当におれにできんの……?」

数時間前、目の前のキッチンカウンターの向こうで囲んだ夕食の席を思い出す。

前任者の中野の仕事終わりであり、香の仕事開始日ともなる今日、雇い主を含めた三人で夕飯を——と聞かされたのは、彼女とそこそこ打ち解けてきた昼前のことだ。

何でも、彼女は有田から「これまでの慰労と感謝を込めて」外食に誘われたらしい。それを即答で却下した上、「それより新しく入る人と三人で夕食をご一緒いたしませんか」と返して了承をもぎ取ったのだそうだ。

(お気持ちは嬉《うれ》しいんだけど、むしろ後のことが気になってねえ)

彼女が退職を願い出てから、軽く二桁を越える「後任」が来たのだそうだ。その全員が三日と保たずに辞めてしまうため、辞めるに辞められず五年が過ぎた。とはいえ彼女にも都合があって、これ以上は続けられない状況になり——急いで手配した数人がやっぱりすぐに辞めてしまって、最終日ギリギリに滑り込んだのが香だった、というのが真相らしい。

(確かにちょっと難しいところがあるけど、本当はとても優しい方なのよ)

要するに、「後任が続くように」という彼女の配慮があの夕食会には籠《こ》もっていたわけだ。

……残念なことにその配慮は夕食会が始まるより前、帰宅直後の有田と彼女とともに迎えに出た香が顔を合わせた時点で無意味になったわけだが。

当初香を見て怪訝《けげん》な顔をした雇い主——ご主人さまこと有田は、数秒後に露骨に表情を険しくした。一方、香は香でその顔つきの変化を目にした瞬間に、二年前の「うわあ」な記憶を思い出した。

おかげで夕食会の前から終わった後にもあの通り、有田は香の顔をろくに見ようともしない。会話にしても、彼女とのそれと比べれば温度差は過ぎるほど露骨だ。

「前途多難、としか……」

思わずため息をついた、そのタイミングでいきなり声がした。

「おい。上がったぞ」

「あ、はいっ。ありがとう、ございま――」

反射的に振り返った香の言葉が半端に途切れたのは、バスローブ姿でリビングのドア口に立つ男に真っ向から睨まれたせいだ。

気のせいでなく、先ほどよりも目つきが険しい。たとえて言うなら「嫌い」な虫を見た時と、「天敵」を見た時、のような違いだ。

「……風呂が空いた、と言ってるんだが？」

だからとっとと入れ、と言いたいらしいが、初日からその変換は無理難題すぎないか。思ったものの辛うじて口には出さず、香は営業用の笑みを作る。

「ありがとうございます。一段落してからいただきますので、お気になさらず……？」

「いいからとっとと行け。妙に遠慮されたあげく、こっちが虐げたと言われても迷惑だ」

予想外の物言いに、思考だけでなく表情まで固まった。数秒後、ようやく回り始めた思考の中で、香は必死に言葉を探す。

「おれ、……自分、そんなこと言ってませんし思ってません、けど」

「どうだかな。これまで何人か雇ったが、あんなふざけたものを寄越されたのは初めてだ」

「え、」

投げ出すような言葉に瞬《しばたた》いて、直後にその意味を悟った。

「えと、すみません。それってもしかして要望書のことでしょうか。その、まだ自分のところに戻ってきてないんで、すけど」

香を雇うことを希望した相手に、正式な契約に先んじて渡す独自の書類だ。留意事項の明示と事前アンケートを兼ねているため二部式になっていて、一方が先の方――この場合は有田の手元に残り、もう一方は香に戻るように頼んである。

そして、有田からの返送はまだ受け取っていない。

「意味不明すぎて必要性を感じない。おまえの呼び名をどうしてこちらが決めねばならない？　おまえが自分にどういう人称を使うかに至っては、こちらの知ったことじゃない」

「そう仰る方も一定数いらっしゃるので、回答は選択式になってるんです。どうでもいいなら適当にマルをつけていただければそれで――あの、ですね。そもそも事前に要望書をお渡しするのは、自分との契約を受け入れられない方がいらっしゃって当然という前提があるからなんです。それならそうと所長にお伝えいただければ別の者をご紹介すると書類にも明記していますし、そのあたりを明確にする目的で返送をお願いしているので」

香の「仕事」は、家政婦としてはかなり「特殊」だ。所長もそれをよく承知していて、だからこそ正式契約の前には必ず要望書への同意承諾を確認してくれている。

今朝、香がここに来たのは、その所長から「契約成立」と知らされたからだ。にもかかわらず、どうして今、ここでそんなことを言われる羽目になっているのか。

「トイにビイ、だったか。さっき中野さんからはカオと呼ばれていたようだが、おまえ実は名前がないのか？　それとも名乗れないような後ろ暗い事情でも抱えているのか」

侮蔑交じりの言葉とともに、男の手が自らの額に落ちてきた洗い髪を払いのける。適当に拭いただけなのだろう、はずみで小さな滴が散るのが目に入った。

考える前に、身体が動いていた。エプロンのポケットにあった未使用のタオルを手に、香は男に歩み寄る。胡乱《うろん》に見下ろす視線に構わず、滴が垂れる横髪にタオルを押し当てた。

「ひとまず拭いてください。それと、髪はきちんと乾かすか、タオルでくるんでください。でないと風邪を引いてしまいます」

当たり前に言って、当たり前に笑えた自分にちょっと感動した。

露骨に顔を顰《しか》めた男は、けれどタオルも香の手も振り払いはしなかった。なので、そのまま仕事モードで続ける。

「トイは、当時のご主人さまが。ビイはそのご友人がつけた呼び名です。カオは事務所での通り名です。後ろ暗い過去がないとは言いませんが前科はついていませんし、現在進行形での裏や事情もありません」

いったん言葉を切って、改めて男を見上げた。

「自分が信用できないのなら、所長に直接ご確認いただいて結構です。――改めて、お久しぶりです。二年も前のほんの一瞬だったのに、覚えてらしたんですね」

二年前のその時点での香の「ご主人さま」は有田と同世代の、けれど印象は真逆のタイプだった。つまりはどことなく軽薄で、享楽的。面白いことや珍しいものに目がなく、香をたびたび「遊び」に連れ出した。

有田と出くわしたのは「その時」で、場所は繁華街にある飲み屋だ。窓のない個室でご主人さまとそのご友人複数と「遊んで」いた時に、不意打ちで開いた引き戸の先にいた。

今と同じ表情の薄い顔が、室内を一瞥《いちべつ》するなり顰められたのをよく覚えている。当時のご主人さまが親しげに声をかけたことで知己だろうと察したものの、有田は不機嫌を隠さず返事も素っ気なく早々に立ち去っていった。

なので、香とはいっさい会話していない。ただ、去り際に露骨なまでの侮蔑の目を向けられた。強すぎる視線は香の記憶に刺さったまま消えておらず、だからこそ二年も前に会ったきりのこの人をすぐに思い出せた。

「えと。二年前に、当時おれのご主人さまだった方が仰ったことは覚えておいででしょうか」

有田の態度の理由はわかったが、だからこそ現状が不可解だ。それで水を向けてみたら、男は精悍な顔をわかりやすく歪《ゆが》めた。

「具合も都合もいいペットだとかいう、アレか。何でも言いなりになるとか言っていたな」

「それが自分の売りなんです。できれば早めに呼び名をいただいた上で、髪色や髪型、服装に話し方や仕草の指定希望をいただけると助かります。契約期間中であれば、もちろん変更は何度でもお受けします」

「……トイはオモチャで、ビイはビッチ。ご主人さまとやらはそう言っていたが、その類《たぐい》の呼び名でも構わないと？」

低く押し殺したような問いに、香は笑みを崩さず首を傾《かし》げてみせる。

「もちろんです。ご要望でしたらどなたかの代理でも、愛人でもダッチワイフでもお受けしますよ」

「……そこまで不自由はしていない。男娼《だんしょう》を買う趣味もないな」

「わかりました。でしたら、要望書に沿った形で愛玩していただければ十分です」

「愛玩？」

露骨に胡乱な顔をした男に、今度こそ睨むように見据えられる。怯《ひる》む気持ちをどうにか堪《こら》えて、香はそれでも笑顔を保った。

「自分の本業はペット兼家政婦なので。日に一度のハグは最低条件ですが、他は気が向いた時に構っていただければと。……よく誤解されるので先にお断りしておきますと、ベッドでのお相手はご希望によるオプションですが、これはありなし回数にかかわらず別料金は発生しません。詳細は事前にお渡しした要望書で確認いただければと」

だからもっと気楽に、というつもりで言ったのに、有田はむしろ眼光を鋭くした。

「……こちらの気分次第で抱き潰《つぶ》しても構わないとでも？」

「可愛がっていただけるなら大歓迎です。あいにく女性相手は不慣れですが、男性相手ならそれなりに経験もありますので面倒もないかと。多少ハードな内容も体験済みですし、そこそこ頑丈なので簡単に壊れたりもしません」

言った後で、ふと思いついて付け加えた。

「料金外のオプション扱いになっているのは、自分の希望だからです。所長には、無理を言って通していただいている形になります」

「……確かに、二年前には複数相手にずいぶんお楽しみだったな。あれもオプションか」

「ペットなので、基本的にご主人さまにしか懐きません。一度に複数のご主人さまを持つつもりもありません。いかにオプションであっても、複数での行為については具体的な指示をいただく必要があります。それと、ご主人さまご不在の場ですとか、自分だけをどこかに貸し出すといった内容には応じられません。ご了承ください」

言いながら、なるほどオプション絡みの問題かと納得した。

自分の仕事のやり方が「特殊」なのは今さらだし、呆《あき》れられるのも軽蔑されるのにも慣れている。男娼扱いだって、今に始まったことじゃない。

とはいえ、「だから何をしてもいい」と思われても困るのだ。いかに「特殊」でも一応は「家政婦」枠なのだし、そうあるよう所長に骨を折ってもらってもいる。

「自分、のことが気に入らないなら、事務所に契約解消を願い出ていただけますか。あいにく自分からはそれができないので」

「何故《なぜ》だ」

「自分はペットなので、飼い主を捨てることはできません。それに、所長との間にそういう取り決めがあります。――……ということなんですけど、ひとまず今日のハグとか、は」

そっとお伺いを立ててみたら、案の定「何だこいつ」と言わんばかりの顔をされた。先の展開は読めたものの、それでも一応続けて訊《き》いてみる。

「えと、ハグが無理でしたら頭を撫《な》でていただくだけ、でも」

殺人的な視線を向けられて、予想済みだったとはいえ落胆した。凝固したように気まずい空気の中、香はあえていつもの口調で言う。

「ところで明日の朝食ですが、洋食でよろしいですか？　今なら和食も準備できます。メニューのリクエストもお受けしますけど」

「……まともに食べられるものであればいい」

「わかりました」

「そんなもの作れるのか」と言わんばかりの顔をしたかと思うと、有田はふいと身を翻した。

半乾きの髪をそのままに、大股《おおまた》にリビングから出ていく。

ドアが閉まる音を聞いてから、香は少し湿ったタオルをポケットに押し込む。ふ、とこぼれたため息は、胃袋がハミ出るかと思うほど深い。

「明日、には解雇かなあ……じゃあ荷物はほどかない方がいい、かも」

今の事務所に入ってからは初めてだが、かつては日替わりでご主人さまが変わるのも珍しくなかった。もっとも、当時のアレが「仕事」と言えるものだったかどうかは疑問だが。

「朝食はそのまんまで、弁当の下拵《したごしら》えも終わって……じゃあお風呂借りて寝るか」

今の香にできることと言えば、その程度だ。早々に割り切って、香は脱いだエプロンを丸めてしまう。いったん自室に戻るべく、リビングのドアに手をかけた。

2

香が住み込みで「仕事（ペット）」をやる時、契約書上で雇い主に提示される条件がいくつかある。

そのうちのひとつが、「学業を優先させること」だ。つまり、「香の講義や試験への出席を妨げないこと」となる。

ちなみに香本人ではなく、所属先の家政婦事務所所長の意向だ。そもそも香に大学進学を薦めたのもその人で、だからそれは香に対する戒めの意味もある。

つまりきちんと講義に出、それなりの好成績で四年で卒業するように——というわけだ。

幸いにして、勉強そのものはそれなりに好きだ。なので本日も朝食後の有田の出勤を見送ってから大学に行き、講義を受けた後はレポートの資料探しに図書館へと出向く。時間を見て切り上げ、大学から電車で二駅の距離にある所属先事務所へと向かった。

「あ、カオくんだお久しぶりー。こないだはありがとね。また一緒にランチしよ?」

ビルの三階にあるドアを開けたとたん、受付にいた顔なじみのスタッフから声をかけられる。いつも明るい彼女がほんの少し声を潜めているのが気になって、つい声を落としていた。

「こっちこそ、ありがとうございました。また仕事が落ち着いた頃にでも……って、所長いますよね。おれ、約束してるんです、けど」

「聞いてる。正直、わたしとしてはそれってどうなのって思うんだけど、お仕事だし所長が言うんだから仕方ないのよねー……ってことで、カオくんこっち来て?」

「は、い?」

腰を上げ、デスク上に伏せていた白板を手にした彼女——園子《そのこ》の年齢は、確か二十代後半だったはずだ。香がここに所属した翌年に事務所に入ったが、実は所長の縁故なのだという。

(入社はカオくんの方が先だけど、わたしの方が年は上だし。この際同期でいいよねっ)

初対面で言い切った彼女は香に気安く、たびたびランチや遊びに誘ってくれる。そのくせ妙に詮索《せんさく》することがないから、香としても安心して一緒にいられる相手だ。

「えと、何――」

言いかけた香の前で、園子は自らの唇に立てた指を押し当てる。万国共通のサインに口を閉じた香に、背伸びして顔を寄せてきた。

「所長からの伝言、ていうか業務命令ね。今から所長の許可が出るまで声を出すの禁止」

「え」

こぼれかけた声を、慌てて手のひらで押さえつけた。そのまま案内された先、所長室の隣のドアの中へと手振りで促される。

肩をつつかれ示された先、室内右手奥のドアが数センチ開いている。怪訝に首を傾げた香の目の前に、園子が待ってましたとばかりに持っていた白板を掲げてみせた。

業務命令。奥のドアに寄って、しっかり盗み聞きすること。

赤字で記されているのは確かに所長の字だが、内容が不穏すぎて飲み込めない。それで棒立ちになっていたら、背中を押されて件のドア近くまで連行された。

『ここにいてね』

口パクで言われて思わず頷《うなず》いたら、満面の笑みで頭を撫でられた。久しぶりの接触にほっと緩んだ表情を見てか、ついでのようにぎゅっと抱き込まれる。

香水は好きじゃないという彼女からは、けれどいつもかすかにいい匂いがする。香よりも小柄な人なのに、こうされるだけでひどく安心する――これだから、香は園子に弱いのだ。

「また後でね」と吐息で言って、園子は忍び足で出ていく。それを見送って、おもむろにドアの隙間に注意を向けた。

「――それで？」

タイミングを計ったように聞こえたのは、香の恩人でありここの主でもある所長の声だ。

「だから、他にもいるだろう。住み込みでなく通いで十分だ。この際、頻度が落ちようが多少質が悪かろうが構わない」

続いて聞こえた不機嫌そのものの声は、数時間前に見送ったご主人さま――有田のものだ。朝の挨拶《あいさつ》はもちろん出がけに声をかけた時も無言の一瞥が返ったきりだったから、今日声を聞くのはこれが初めてになる。

「いきなりずいぶんな言い草だねえ。ウチの子に何か問題でも？」

飄々《ひょうひょう》とした声に重なったかすかに軋《きし》むような音は、椅子に凭《もた》れでもしたせいか。それが完全に消える前に、所長は軽い調子で続ける。

「カオくんてウチでもダントツに評判がいい子だよ。若いけど仕事ぶりは真面目で完璧だし、愛想がよくて性格も素直だ。妙に出しゃばることもないし、雇い主のプライバシーにもいっさい干渉しない……ってよりはまあ、無関心なんだろうけど」

「評判がいいって、アレがか」

「アレ扱いはやめてくれないかなあ。前の中野さんに比べたら足りない部分はあるだろうけど、経験と年齢の差だと思うしそこは仕方ないでしょ。クレームもほとんどないし、今までの契約もちゃんと満了してる。条件状況を併せた上で有田んとこに行ってもらうことにしたのに、何が気に入らないわけ」

整然と反論した所長に、有田は「あり得ない」と言いたげな声を上げる。

「気に入る入らないの問題じゃない。私が望んだのは家政婦であって、見てくれだけの男娼紛《まが》いじゃない」

「それってカオくんのオプションの話？　だったら今言うことじゃないっていうか、もしかして昨日カオくんに何か言われた？　そういや有田んとこから要望書戻ってきてないけど、まさか今になって読まずに契約書にサインしたとか言う？」

「一般的な注意書きだとばかり思ったんでな。昨夜の帰宅後に初めて目を通した」

「それ、完全に有田のミスだよね。必ず読んで納得の上で契約って念押ししたし、契約書にサインする前にも確認したよね？」

仕事中の所長が、ここまで言葉を崩すのは珍しい。有田とは、もともとそれなりに親しい間柄だったのかもしれない。

いずれにしても、所長はちゃんと手順を踏んでくれたわけだ。対しておそらく有田は昨夜、香を目にした後でようやく要望書を読んだ。その結果、あの問答に至ったということか。

「あの子とうちの名誉のために訂正。カオくんがちょっと特殊なのは事実だけど、やってることは家政婦兼ペットだよ。男娼とは違う」

「詭弁《きべん》だな。看板を気にするならとっとと解雇することだ」

「あの子を拾ったのは僕だし、個人的に気に入ってるから却下。あとその言い分、カオくんに否定されてるはずだけど？　そっちはあくまで希望者限定のオプションなんだって。何ならもう一度要望書を読み返してみる？」

所長の声音がひんやりしてきたのを察して、香は無意識に肩を縮める。何やらとても申し訳ない気分になってきた。

「今日にも読み返したが、頭痛と目眩《めまい》がしたぞ。どう言ったところで男娼だろうが」

「そう言う時点でちゃんと読めてないよね。詳細は省くけど、あの子の今までの顧客の八割はお年寄りだよ。同居して、家事と身の回りの世話をしながら孫代理で話し相手するってい う、完全にオプション抜きのヤツ。遊園地でも海外旅行でも墓参りでもお供するから夢で終わってた孫との時間満喫できたーって喜ばれてさあ、先方希望で看取ったこともあるくらい。遺産の一部贈与の上に周囲にもベタ褒めしてたみたいで、未だにその知り合いから問い合わせが来るんだよねえ」

「――本人はペット希望だと言っていたが？　そもそもまともに名乗りもせず、こちらに名前をつけさせる時点でどうなんだ」

「ペットの名前は飼い主がつけるもの、だからでしょ。あ、そうだ念のため確認するけど昨日からこっち、あの子の仕事に不備でもあった？　食事が美味《おい》しくないとか気が利かないとか仕事が遅いとか。それならそうと言ってほしいんだけど」

いや、ちょっと待ってほしい。一緒にいたのは実質でも五時間に満たない上に、食事だって香単独で準備したのは朝だけだ。

ちなみに準備しておいた弁当は一瞥されただけで、手に取ってすらもらえなかった。捨てるわけにもいかず、本日の香の昼食とさせてもらったわけだが。

思いはするものの仕事の評価は気になるもので、ついじりとドアに寄ってしまった。

「その名前が、あり得ないような――ろくでもないものでも、か」

にもかかわらず、有田が口にしたのは別のことだ。それへ、所長は間髪を容れずに言い返す。

「先方が決めたものはしょうがないでしょ。まさかペット側から文句が言えるわけでなし」

「髪型も髪色も、目の色まで変えると言っていたが？　そういえば、契約書に特殊報酬とかいうのがあったな。……本人が似合う服をこちらが見立てて買い与えろ、だったか」

「髪型髪色変更とカラーコンタクト使用は、真面目にペットやりますっていう本人なりの意思表示でしょ。服装もそれと同じで、好みに合わせるために最大限の努力をしますってこと。そこまでニーズに応《こた》えようとするのも大したもんだと思うけど？」

不機嫌そのものの有田をよそに、所長はぽんぽんと言い返す。

「気に入られるためなら何でもやる、というわけか。それこそ男娼とどこが違う？　服は買わせるくせにベッドは無償となると、相当なスキモノとしか思えないが」

「ベッドですることなら僕も好きだけど？　そっちこそ、日替わりの上男女構わずのくせによく言うよね」

「あいにく合意の上だ。金で買ったことは一度もない」

所長の言葉が気に入らなかったのか、男の声が一段と低くなる。それに答える所長の声は、まったく動じた響きがない。

「カオくんも一緒だよ。あくまで本人の希望であって、事務所は強制どころか推奨もしてない。僕個人としては反対だし、本人にもそう言ってる。不本意な行為を強制されたら即報告するよう厳命もしてる。――だからオプション扱いなんだけど？」

「どういうことだ」

「扱い自体は自由恋愛と一緒なんだって。実際、オプション関係は契約書にはいっさい表記がなかったでしょ。だからこそ有田もすんなりサインしたわけで」

「それは」

「つまり、実質的な縛りはないわけ。行為のありなしを報告されたこともないから、報酬なんか発生のしようがない。あくまで合意前提であって、今回なら有田が望まない限りそうした関係は成立しない。カオくんだったらそこまで説明したはずだけど？」

何を思ってか、有田が沈黙する。数秒の間合いの後、声を発したのは所長の方だ。

「さっき言ってた特殊報酬だって、額面の下限すら明記がないんだから結局は要望でしかない。カオくんは受け取りはしても強請《ゆす》ったり催促したりは思いつきもしないから、完全に有田の裁量任せだ。実際、過去には使い古しのＴシャツ一枚ぽいっと渡されたきり、それとは別の細かい服装指定されたあげくカオくんが自費で揃《そろ》えてたことがあったくらいだ。……その特殊報酬だって、僕の独断でねじ込んだんだよ。表記消すって言ったところで、カオくんはあっさり了承するんじゃないかな。僕が気付くまで、当たり前に自費でやってたわけだし」

本人が全然言わないから結構長く気付けなかったんだよね――ため息交じりの言葉に、そういえばそんなこともあったと思い出した。

けれど、そもそもペットにとって見目は大事だ。気に入られるよう努力するのは当然だし、その点髪色や髪型、カラーコンタクト装着や服装については「準備すればいいだけ」であって、大して手間もない。

そもそも、「ペット業」をやりたいのは香の希望だ。家政婦としての報酬を受け取っている以上、自分の見目のことでご主人さまに負担をかけるのはおかしい。——というのが香の持論なのだが、これに関してはどうにも所長と意見が一致しない。

「——……理解不能だな。いったい何の目的でやってるんだ」

「本人に訊いたら素直に答えてくれるよ。『だって自分はペットだから』って」

呆れ交じりの所長の声音は、おそらく香に向けてのものだ。とはいえ毎度のことなので、「そんなこと言われても」としか思わないが。

「結論だけど契約解消は無理だね。これ、有田にも複写送ったはずだけどよく読んで」

「何?」

不審そうな有田の声音に続いて、紙をめくるような音がする。ふっと何か引っかかりを覚えて首を傾げた時、唸《うな》るような凄《すご》みのある声がした。

「……は？　何なんだ、これ」

「ん？　カオくんと有田の契約書だけど」

「いや待て、これはいくら何でも」

「要望書の承諾確認の後で、ちゃんと説明したよね。その上でサイン捺印《なついん》したよね？」

「それは……しかし、」

若干怯んだような低い声音に重なるように、ふと二日前のことを——香自身が契約書に署名捺印した時のことを、思い出した。

（所長、この文章って何ですか。前にはなかったと思うんですけど）

いつものように目を通すよう促されて、だからこそ見慣れない文言に気がついた。曰《いわ》く、

――契約期間中の契約解消・破棄の申し出については、その理由が明らかにやむを得ないものであると認められない限り、甲・乙ともに原則として認めない。

（おれ、自分からご主人さまに文句つけたり、仕事辞めたりしませんよ？）

（知ってる。だったら書いてあっても困らないよね？）

にっこり笑顔での所長の言葉に「それもそうか」と納得しサインをした。その結果、現在進行形で契約解除も拒否も叶わなくなっているわけで。

「……――」

うわあ、と声がこぼれそうになったのを、慌てて手で押さえる。盛大な顰めっ面になっているのが、鏡を見るまでもなくはっきりわかった。

「さっきの反応から見るに、カオくんの家政婦としての仕事には問題ないんだよね。有田が問題にしてるのはオプションであって、だったら希望しなければいいだけだ。気に入らないから契約解消したいっていうのは完全に有田の私情であって、やむを得ない事情には当たらないと思うんだけど？」

「……人間同士なら、相性というものがあるだろう」

「一日足らずでそう言われてもねえ……自覚ないみたいだけど、有田の言い分で契約解消っ

て明らかにパワハラだよ？　カオくん解雇してすぐ次が見つかると思うのも甘いしね」

いつになく早口に、珍しく切り口上で所長は続ける。

「有田の条件だと、そもそも該当者が少ないんだ。五年探して見つからなかった以上、自覚はあるよね？　中野さんの復帰があり得ないとなると、現状維持が一番なんじゃないの」

「……少ない、と言うからには該当者がいないわけじゃないんだろう。だったら」

「カオくん以外、全員長期契約中。双方納得してる円満な雇用関係を、有田の一存で反故《ほご》にできるとでも？　僕はむしろ、カオくんが休暇中だったことに感謝しろって言いたいけどね」

所長の言い分にワンテンポ遅れて聞こえた重いため息は、おそらく有田のものだ。それに構う様子もなく、軽快な声が続く。

「じゃあ契約は続行ってことで、仕事切り上げてきたんだしこの後空いてるよね？　ちょうどいいから、ついでにウチの子に特殊報酬ケチらないでよろしく」

「おい待て」

「カオくんに似合う服、有田のセンスで見立てて買ってやって。ついでにあの子にはどういうヤツが似合うかのレクチャーもよろしく。服には煩《うるさ》いんだからできるよね？　カオくんて自主性に任せるとむかーし僕が買ってあげたのとおんなじのを探すか、どうしてそうなるって言いたくなるのを買っちゃうんだよねえ。……ってことでカオくん、こっちおいで」

「——っ」

唐突に名前を呼ばれて、その場で飛び上がってしまっていた。動けなくなったのを察したように、テノールの声が続く。

「いるのはわかってるんだから素直に出ておいでー。有田だって鬼じゃないし、取って食ったりしないってば。それとも僕がお迎えに行く？」

相変わらずの物言いに、抵抗しても無駄だと毎度のことを思い知った。このまま隠れたところで状況は悪化するだけと確信して、香は薄く開いたドアのノブに手をかける。そうっと押し開け遠慮がちに所長室を覗《のぞ》き込んで、

「……――」

じろりとこちらを見据える有田とまともに目が合った。もとい、睨まれた。今朝は侮蔑交じりだった視線に、どうやら今は濃い呆れが追加されている。

「ちょっと、ウチの子睨むのやめてくれる？　言っとくけど、盗み聞きは僕の指示だからね」

「何？」

「カオくんからも、朝のうちに連絡が来てたからさあ。時間も重なってたし、用件は同じだろうから仕組んでみた。ここまでタイミング合うあたり、実は相性がいいんじゃない？」

「え、あのしょちょ、しくんでって」

「だって手間だし面倒じゃない。同じこと二度も説明するの」

ぎょっとして反論しかけたら、見慣れたにっこり笑顔を向けられた。条件反射的に黙った

ら、それが当然とばかりに断言されて脱力する。

「おい、待て……」

一方、有田はそうはいかなかったらしい。低い低い声音に思わず目を向けると、少し離れたソファ横に突っ立ったまま額を押さえている。

俯《うつむ》き加減でも、精悍な顔が壮絶に歪んでいるのがわかった。気のせいだろうが、何やら背景が黒い。それでつい後じさりかけたら、気付いたらしい所長に指先で呼ばれた。なので素直に、けれど気持ち有田がいる位置を避けて、デスクについたままの所長に近寄っていく。

逆らうという選択肢は、もとより存在しない。この人は香の恩人だし、何よりも。

「うん、元気そうだ。念のため訊くけど、昨日から今朝にかけて有田から虐められた？」

「え、いえ。ないです」

即答とともに首を横に振ったら、「そう」の一言とともに親指の先で頬を撫でられた。

「カオくん、実は有田と面識あったんだって？　やっぱり縁があるんだろうねえ」

「それは、あの……えと、でも名前も知らなかったですし、一言も話してもなか、」

「そうだ、有田に一応言っとくね」

言うつもりだった反論は、けれどにっこり笑顔でソファ横を見た所長のその言葉で封殺された。蓋を閉めるように黙った香の肩をついと抱き寄せて、所長は笑顔のまま有田を見る。

「万一っていうか、億にひとつもないと思うけど。もしカオくんが家政婦として使い物にならないようだったら、即連絡よろしく。状況確認の上、言い分が正当だとわかったら即契約終了して早急に次の人を手配するからね。――で、カオくんは」

「は、いっ」

びく、と跳ね上がった肩をそのままに慌てて返事をしたら、珍しく圧のある笑みを向けられた。思わずぴんっと背すじを伸ばしたのへ、声音だけはいつも通りに所長が言う。

「通常通り、きちんとお仕事すること。ありえないとは思うけど、変に手は抜かないように。それと、無理難題突きつけられたり無謀押しつけられたり無理やり何かされそうになった時は必ず逃げて、即僕に連絡すること。我慢忍耐根性は絶対禁止。約束できる？」

「わ、かりましたっ」

ほとんど反射で返事をしたら、一瞬で所長の笑みから圧が消えた。柔らかい目で見下ろされ、「相変わらず可愛いねえ」との台詞とともに今度こそぎゅっと抱き込まれる。

馴染《なじ》んだ体温と抱擁に、かちかちになっていた背中から力が抜けた。無意識にその腕にしがみつくと、心得たように頭から背中を撫でられる。よく知った匂いにほっと息を吐いた後、ふと視線を感じて顔を上げ、ようやく「やらかした」ことに気がついた。

ソファ横に立ったままの有田が香を見る視線は、もはや害虫がゴミでも見るようだ。

無意識に身を竦《すく》めた香に気付いてか、背を撫でる所長の手が止まる。そのタイミングで、有田が口を開いた。――冷ややかな視線を、香に固定させたまま。

「延長なしの半年で契約は終了させる。決定事項ということで構わないな？」

3

その約十分後、香は現ご主人さま、つまり有田とふたりまとめて事務所から追い出された。

「さて、僕も忙しいから話はここまでだね。そうだ有田さあ、カオくん連れて行くなら若い子向けの店選んでくれる？　おまえの行きつけだとちょっと渋いから」

所長の最後の台詞でさらに頭痛を覚えたのか、肩を並べる形で乗り込んだエレベーターが一階に着いても、開いた扉からエントランスに出る時になっても有田は額を押さえたままだ。

事務所が入ったビルは大通りとまではいかないまでも最寄り駅にほど近く、そこそこ賑《にぎ》わう通り沿いにある。ビル自体にも輸入雑貨店やセレクトショップが入っているため、平日の午後であっても人通りはそこそこ多い。おかげで、周囲からもの凄い視線を浴びた。

長身で脚の長い精悍な男前が、厭味《いやみ》なほど似合うスーツ姿で項垂《うなだ》れているのだから無理もない。香だって、通行人の立場だったら間違いなくガン見する。

成り行き上同行者となっている今は居たたまれないばかりだが。もとい、衆目がなかったところで、未来にも居たたまれない状況に置かれることがつい先ほど確定したわけだが。

「えと、……大丈夫、ですか？」

辛うじて言葉を探しながら、頭のすみで「無理もない」と素直に思った。

あの所長はかなりの人情家だし、面倒見もいい。「釣った魚に餌をやりすぎ、当然のように住まいも戸建てで新調」するタイプだ。とはいえ単なるお人好しではなく、相応にやり手な合理主義者でもある。

香の仕事の「やり方」を推奨しない――もっと端的に「気に入らない」と明言しながら、職務権限や命令ではいっさい禁止しないのがその証拠だ。先ほどのやりとりにしても、有田の言い分をきっちり聞き届けた上で筋を通して説明し結論を渡していた。

とはいえ、個人的に親しいならあの程度、慣れていそうなものだが。

首を傾げつつ窺《うかが》ってみても、有田からの返答はない。というより、所長室で対面して以降、まだ一度も会話が成立していない。さらに言えばエレベーターに乗ってからは、視線どころか顔すらこちらに向けてもらっていない。

相当どころでなく、嫌われてしまったらしい。目の前に出てきた「前途多難」の四文字に少々途方に暮れながら、香はもう一度口を開く。

「えと、――夕食は、中野さんが仰った通りに準備します。メニューのリクエストとか、夜の予定変更があればご連絡ください。……じゃあ、ひとまず自分はここ、で」

「どこに行く気だ」

不意打ちのように言われて、下がりかけていた足が止まった。意外さに瞬いて、香は改めて男に向き直る。ようやく視線が合ったことに、僅かながらにほっとした。

「何かご用がおありですか？　お使いとか、買い物の荷物持ちとか」

「……特殊報酬とやらは、具体的にどうすればいい」

「あ、それは要望書に」

言いかけたとたん、じろりと睨まれた。先ほどの所長との会話を反芻《はんすう》して、香はおそらく相手が聞きたいのだろう答えを探す。

「えと、仕事中は基本的にご主人さまの要望通りの恰好《かっこう》をしてるんです。現物を直接支給いただくか、場合によっては一緒に見に行くこともあります」

「ひとまず今までのを着ていればいい。よほど奇抜でなければ口出しはしない、自分でほしいと思うものを買って領収証を出せ。額面分の金は払う」

「今までのは手元にないんです。その、辞める時は全部置いていくので」

「おまえに似合う服を、わざわざ見立てて買わせておいて、か。そんなもの、置いていったところでゴミになるだけだろう」

やっと額から手を離したかと思ったら、とんでもない暴論を聞かされたような顔で見られた。なので、仕方なく香は口を開く。

「……大抵の場合は辞める前にご主人さまの指示で、まとめて古着屋に売りに行くんです。代金はご主人さまに還元します。指示がない時にどうされているのかまでは、知りません」

「意味がわからないんだが？　特殊とはいえ報酬なら、所有はおまえになるはずだ」

「ですが『ペット』としての必需品なので。契約が切れた時点で、自分はその方のペットではなくなります。それに、以前のご主人さまが選んだ服を新しいご主人さまの前で着るのは失礼に当たります」

「………………」

まじまじと香を見る顔は、仏頂面そのものだ。

「不本意だとお思いであっても、今の自分のご主人さまは有田さまです。有田さまが選んでくださるなら、喜んで着させていただきます。その、何でしたら具体的な指示をいただくだけでも……その場合、所長には内密にお願いすることになります、けど」

「自費で準備するとでも？　女装や、明らかに似合わない恰好を指定されたらどうする気だ」

「それがご指示であれば従います。えと、ただ大学に行く時だけは、その……あまり目立ちすぎたり、奇抜すぎる恰好だとトラブルの元になるので、例外扱いにしていただければと」

「つまり、それに近い恰好をさせられたことがあるわけか」

返事に困って首を竦めて肯定したら、やっぱり平坦なままの声が落ちてきた。

「……その頭も、前のご主人とやらの趣味だと？」

「えと、はい。見苦しいのはわかっているんですけど、結構きついブリーチをかけたので……下手に弄《いじ》って傷めてしまうと、次のご要望に差し支えますし」

香の髪の地色は黒というより焦げ茶に近い。そして、今の頭は生え際から二センチほどがその色で、その先は金髪近くまで色が抜けている。おまけに肩甲骨に届く長さなので、基本的には首の後ろでひとつに括《くく》っている。

仕事のたびにこちらが髪色を変えたり巻いたりするのを知っているからだろう、馴染みの美容師からは「次が決まるまで触らない方が良い」と忠告されていた。

「おまえはどうしたい」

「はい？」

落ちてきた問いに瞬いて見上げると、有田は無表情にこちらを見下ろしていた。

「その髪と服装だ。自分の希望を言え」

「あ、それは有田さま次第で」

「私が聞いているのは、おまえの希望だ」

一音一句、区切るように言われたのは明らかにわざとだ。そこまでは理解して、けれど香は首を傾げた。迷うことなく口を開く。

「ないです。自分、ペットですから」

とたん、有田が眉を顰《ひそ》めた。切れ長の目までもがゆるりと細くなるのを見て、蛇《へび》に睨まれた蛙《かえる》になったような気がしてくる。

「気が知れないな。今時、小学生でも自分の髪をどうしたいかくらい言えるだろうに」

「え、」

「これが最後の質問だ。何のために、どういう目的があって男娼の真似事をしている？」

強い口調で言われて、さすがに周囲が気になった。

けれど有田に退く素振りはない。だったら香に逃げられるわけもなく――それならもう、開き直って答えるしかない。

「好きだから、です。誰かと肌を合わせるのも、気持ちいいのも」

諦めと開き直りで言ったら、男は心底嫌悪したように眉間に皺を寄せた。

「だから誰でも相手にする、と？」

「無条件なのはご主人さまだけで、それ以外は指示があれば、です。繰り返しになりますが、そちらはあくまでオプションなのでなしでも構いません。犬猫でも飼ったつもりで構ってもらえれば、自分としてはそれなりに満足します」

「一日一度のハグが最低限、だったか。それなりでなく満足させるには他に何をすれば？」

「えと、気が向いた時でもいいので抱き枕にしていただければ嬉し、……？」

素直に発したはずの声が半端になったのは、殺人的な視線を向けられたせいだ。

「……契約解除できないことについては、納得した。だが、先ほど言ったように期限は半年だ。延長はあり得ないからそのつもりでいろ」

「えと、……は、い？」

反論は、言葉にならなかった。消えない圧に息を呑《の》んだ香に、有田は平坦に続ける。

「今日中に、その見苦しい頭をどうにかしろ。みっともない恰好で出入りされるのは迷惑だ」

「あの、じゃあ要望を」

「見苦しくなければどうでもいい」

言うなり男は札入れから紙幣を引き出し、香の胸元に押しつけてくる。

「これで頭と服装をどうにかしろ。残りは好きに使っていい」

「や、でもそれ規約違反、……」

香の返事を聞く素振りもなく、有田はとっとと踵《きびす》を返した。

押しつけられる恰好になった紙幣が、ぱらりと落ちかける。反射的にそれを摑《つか》んだ香が顔を上げた時には、長身の背中はすでに雑踏に消えていた。

——前途多難どころか、遭難確定。

頭に浮かんだ意味不明のフレーズに、けれど「その通り」だと妙に納得した。

4

食事の時間を、ここまで気詰まりだと思うのは何年ぶりだろうか。

かたりと響いた音にはっと顔を上げて、香は慌ててキッチンを出た。今しも席を立とうとしている有田に近づき、数メートル前で足を止める。

「えと、お味はいかがでした、か？」

「問題ない」

「それなら明日の食事は……その、おれは朝から外出しますけど、リクエストがあれば」

「適当でいい、が」

いったん言葉を止めた有田が、初めてこちらを見る。面倒だと言いたげな視線に怯みながら、けれど香は笑顔を崩さない。

「逐一訊かれるのも面倒だ。今後はおまえのレパートリーを順繰りにしろ」

「え、あの、でも」

「何かあれば事務所に連絡する」

言うなりドアに向かった有田を、慌てて追い掛けて声を張った。

「あのっ、えと、ハグとかは」

「家政婦にそれが必要だとでも？」

即答に怯んだ香を一瞥すらせずに、男はリビングダイニングを出ていく。

すっかり固定された流れだが有田は帰宅直後に入浴を終えているため、夕食をすませて自室に引き上げたらまず出て来ない。つまり、こうなると明日の朝まで顔を見ない。

……丸一か月。ハグどころか一度も、頭を撫でられていない。肩や背に偶然触れることすら、されていない。

「さむ……？　気温下がった、のかな」

ため息交じりにテーブルの上の食器を下げて、今度は自分の夕食を並べた。席について箸を使いながら、思い出すのは先ほどのご主人さまの様子だ。

幸いにして食事を残されたことは一度もないが、味付けやメニューを前任者から聞いた好みに寄せているのだから当然だ。ちなみに今日のメインは真鯛の煮付けである。

「冷めてるから寒い、のかも」

自分のためだけにガスや電子レンジを使うのは気がひけるから、魚だけでなく味噌汁《みそしる》も生ぬるい。それでもごはんは温かいし、味付けだって上出来だと思う。

なのに、最近は半分近く――今日は半分以上、残してしまった。

捨てるのは論外なので明日の弁当に入れることにして、メインや副菜を保存容器に移す。後片付けにかかりながら、自分でも首を傾げていた。

「食事が別、ならこれまでも何度もあった、んだけどなあ……」

住み込みの場合、ご主人さまも自分も食事メニューは基本一緒だ。とはいえ「一緒に」となるか「別で」となるかはご主人さま次第となる。ペットである以上「一緒に」はむしろ好待遇であって、「別で」が通常なのも心得ている。

それなのに、……今回はそれが妙にきつい。

頭を振って、香は食洗機のスイッチを入れた。機械音を聞きながら、キッチン用タオルを新しいものに替えて明かりを消す。リビングを出ると、着替えを準備して浴室へ向かった。

束ねたままの髪を手早く頭上にまとめると、服を脱いで湯に浸《つ》かる。この時季には明らかに温《ぬる》いけれど、追い焚《だ》きスイッチを入れるのは気が引けた。

鼻まで湯に浸かって短く息を吐く。水面が泡立つ音が、やけに間抜けに聞こえた。

――有田と一緒に事務所で話を聞いてから、今日で一か月になる。

あの後、香はひとまず行きつけの美容室に連絡を入れた。馴染みの美容師に駄目元で訊いてみたら「三十分後でよければ」と了解が出たため、すぐさまそちらに足を運んだ。

「今回はどうする?」と訊かれたので「見苦しくないように」伝えたら、めずらしく顔を顰めた彼から「それ、誰かに言われた?」と問い返された。曖昧に笑って地色に寄せて染めてもらい、長さは軽く揃える程度にした。

束ねておけば「見苦しく」はないはずだし、突然要望が出ても対応しやすい。契約解消されても同様だ。そんな皮算用のついでに、鋏《はさみ》を使う美容師に世間話として「見苦しくなくそこそこ自分に似合いそうな服」について意見を求めてみた。

何故だかため息をついた彼に予算を訊かれて額面を答えたら、知人が経営するという店を教えられた。「連絡しておく」との言葉に重ねて礼を言って出向いた先では、待ち構えていた初対面の店長に試着室に放り込まれ、次から次へと渡される服を脱ぎ着することになった。

「いつも通り」と「自分なり」は、何となく避けた方がいい気がしたのだ。結果として、ざっくり購入となった服は大学でも悪目立ちせず、むしろ何人かに「似合うね」と言われた。

有田当人の反応は「皆無」だ。当日もそれ以降も、いっさい何のコメントもない。

「結局、お金も返しそびれてる、し」

美容院代と洋服代は、自腹で支払った。押しつけられた金は当日返そうとしたが、「無用だ」と胡乱な顔で押し返された。なので封筒に日付と額面を記入したまま、「食費」の所定位置でもあるリビングのチェストに収めてある。

食費追加時の回収を狙《ねら》ってのことだが、あいく三か月近くは先だ。「毎月じゃなくまとめて入れてくださるから」と聞いてはいたが、香がやってくる数日前がその日だったらしい。ちなみに聞いたところによると、出納帳のチェックも「まとめて」なのだそうだが――できればもっとこまめにしていただきたいというのが香の本音だ。

「用事もおつかいも全然言いつけられないし。最低限の家事しかやってないのに、弁当はいらないって言われたし」

真面目な話、住み込みで入ってここまで暇なのは――こうも構われないのは初めてだ。無視されている、とまでは言わない。帰宅時刻などの変更事項はきっちり連絡が入ってくるし、「食事は別」などの日常の取り決めも、都度にきちんと申し入れてくれる。出かける時は香がいる場所のドアを叩《たた》いて教えてくれるし、帰宅時にはインターホンも鳴らしてくれる。今日だって質問には答えてくれたし——いや、先ほどの物言いからすると、今後はさらに接点が減っていくような気がする。というより、

「おれとの接点をできるだけ減らしたい、んだよね……？」

「必要事項」以外では、会話以前に顔を見ることも滅多にない。有田の私室が立ち入り禁止なのは前任の時からとしても、あの男は大画面のテレビがあるリビングにすら食事時にしか近づいて来ない。

もちろんそれが「以前から」ではない証拠はない。けれど、それにしては不自然だと感じることが多すぎる。

「部屋から出て来ないのもだけど、聞いてた以上に外泊が多いのも、初っ端《しょっぱな》の二連休初日に出かけて翌日の夜に帰ってきたのも、たぶんおれがいるから、で」

思い込みかもしれないと思ったから、その次の有田の休み数日前にわざと言ってみたのだ。

（大学の用があって、二日とも早朝から夜まで不在になります。勝手ですみませんが食事はキッチンに用意しておきますので、温めて食べてもらっていいでしょうか）

一瞥の後の頷きで返したあの男は、結局その休日二日とも外出しなかった。

幸か不幸かマンションの真正面にはファストフード店があって、その二階からは車であれ人であれ、出入りがおよそ摑める。どうせ暇だしと本を持ち込み、しかしろくに読むこともせずずっと外を見ていた自分もどうかと、正直思いはするのだけれども。

「明日、おれがいないって言ったら顔がちょっとほっとしてたし。——朝、一緒に出るのすら厭みたいだから、仕方ないけど」

実を言えば、明日の予定など香にはない。プライベートで遊ぶ相手はひとりだけだし、それも仕事がない時期に先方が誘ってくれたらの話だ。

そして朝の件についてはーーアレはアレで結構精神的にキツい。

在宅時間はできるだけご主人さまに合わせるのが、香のやり方だ。なので初日は外出する有田を追い掛けて出かけたが、それも夕食時に咎《とが》められてしまった。

（わざわざ一緒に出る必要はないと思うが？）

「じゃあ自分は後から」と香から申し出て以来、見送る形が定着したわけだが。

「一緒に出るのも避けたいって、……かなり相当、厭がられてるよ、ね」

現時点で、所長からの連絡は来ていない。つまり、有田からのクレームは入っていない。

家政婦としての仕事には文句も不満もないが、「香とは関わりたくない」ということだ。

二週間経《た》っても「そう」なものが、残り五か月の契約期間で翻るとは思えない。

ため息交じりに風呂から上がり、手早く着替えて廊下に出る。香用にと用意してもらった部屋は、玄関からほど近い六畳ほどの洋室だ。エアコン完備なのに香が勉強用に持ち込んだ折りたたみ机しか家具がないそこは、たぶん今まで使われていなかったのだろう。実際、造り付けのクローゼットの中も見事に空っぽだった。

（部屋にあるものは好きに使え）

素っ気なく言われた台詞は覚えているが、現状を思えばエアコンのリモコンを手に取るのも憚《はばか》られた。とはいえ寒いのには変わりなく、香はタオル巻きの髪をそのままに床に置いた寝床——持ち込んだ寝袋に潜り込む。寝袋の中で俯《うつぶ》せに肘《ひじ》をついて、息を吐いた。

住み込みは無用だと有田は言ったが、実際のところその通りだ。そもそも前任者だって通いで、それも退職の意向が出てからは三日おきになっていたと聞く。

独り住まいで、訪れる人もない。日中不在で時に外泊もするから、自室は知らないが廊下やリビングもほとんど散らからない。

食事は作り置きがあれば温められるし、食洗機があるから片付けだってすぐだ。風呂は使った後の掃除さえしておけば、スイッチひとつで湯張りも追い焚きもできる。

……前回のご主人さまのように、話し相手や誰かの代理を求めているわけでもない。むしろ他人から干渉されたくないタイプだ。声をかけるにも躊躇《ちゅうちょ》する雰囲気を醸し出していることだって珍しくないから、香の存在自体が邪魔になっている可能性だってある。

「しょちょうにそうだん、したほうがいい、かなあ……でも、けいやくぞっこうをきめたのも、しょちょうだし。しごとにだきょうするのは、おれもイヤ、だし」

ぼそりとつぶやいた時、急にスマートフォンが鳴った。

びく、と跳ねた肩を引いて、香はそろりと身を起こす。目覚まし代わりに傍《そば》に置いた端末を開いて、少しだけ力が抜けた。

大学進学後、必要に迫られて買ったプライベート用のスマートフォンに、登録している相手はごく少ない。所長と園子以外では緊急時のための大学事務局と、レポートの関係で連絡先を交換したもののほとんどやりとりがない学生数人のみだ。

つまり、この時刻にメッセージを送ってくるような相手は限られているわけで。

「園子さんから、だ。えと、……しばらく振りにランチでも、って明日？」

読み上げて、つい頬が緩む。同時に、別の意味で安堵《あんど》した。

有田に「連日外出」を告げたものの、実は具体的なプランなど皆無だったのだ。

即座に了承の返信をすると、数秒で笑顔のスタンプが返る。そこからのやりとりで、場所と時間はあっさり決まった。

「楽しみにしてる」というメッセージに、ハートのスタンプが続く。それを眺めるだけで、冷えきっていた胸の奥が、ほんの少しだけ温かくなったような気がした。

5

園子が指定した待ち合わせ場所は、有田のマンション最寄り駅からほど近い喫茶店だった。

事前に開店時刻を調べた香は、約束より小一時間ほど早くマンションを出た。有田とは顔を合わせていないが、三食分のメニューと置き場所のメモをテーブルに置いてきた。

香自身は朝食抜きだ。ご主人さまより先に食べる気になれないし、ここ最近自腹のはずの自分の昼食を前日の残りの弁当にしていたため、とても気が引けていた。

開店とほぼ同時に入った店の窓辺の席で、和食のモーニングを注文する。運ばれてきたそれを三分の一ほど口にしたところで、店の扉についていたベルが鳴る音がした。

「あ、カオくんいた！　おはよう、久しぶり、早いねっ」

一か月前と同じく元気な園子が、軽い足取りで近寄ってくる。事務所でのスーツっぽい姿ではなくワンピースに明るい色のコートを羽織っていて、「らしさ」につい頬が緩んだ。

「おはようございます。今日のワンピースとコートも似合ってて可愛いですね」

「もー、カオくんてば相変わらずお上手っ。そっちは所長が選んだかっちりとは違う感じね？　ちょっと柔らかいっていうか、有田さんが選んだの？　意外。ちょっと見直したかも」

「あー……えと、そうじゃなくて」

すでに朝食を終えたとかで、席についた園子がオーダーしたのはケーキセットだ。

伝票にメモをした店員が離れていくのを待って、「顔見知りの美容師さんの紹介で行った店で見立ててもらった」と説明する。すると、きょとんとしたふうに見直された。

「どうしてそうなったの？　だって所長、特殊報酬の絡みで買い物行けって言ったんでしょ？　そういえば、髪も色を戻しただけで他は弄ってないよね」

「う、えと、その……所長には内緒、にしてもらえます……?」

「それって事と次第によるよね」

にっこり笑顔で言われて「しまった」と思っても、後の祭りだ。所長に勝てるとは露ほどにも思わない香だが、園子には別の意味で勝てる自信がない。

「だってカオくん、何かあっても誰にも言わずにひとり耐久レース始めちゃうでしょ。そんなの放っとく方が無理」

「ひとりたいきゅうれーす……ですか」

そんな覚えはまったくないのだが。思って首を傾げたら、苦笑交じりに額をつつかれた。

「ほら自覚ないし。だから気になるんだってば。わたしも、所長もね」

「あー……えと、すみません……?」

気にかけてもらっているのは、知っている。所長には拾ってもらった直後から、園子には事務所での初対面以降ずっとだ。

当初は「自分が未成年で未熟者で、事務所でも最年少だから」だと思っていた。実際、所長に出会った頃の香は中学を卒業したかどうかもあやふやな身の上で、ひたすら「今日どうするか」「明日どうなるか」しか考えていなかった。

所長のところで家政婦の仕事を覚え、「じゃあウチで雇ってあげよう」とお墨付きと許可を貰《もら》い、ついでに年齢的にも成人した。幸いにも仕事は途切れなかったし、今日クビになったからといって即路頭に迷うほどの状況でもなくなった。

そうなってなお、目の前の彼女も所長も香を気にしてくれている。それはとても嬉しいし、ありがたいことだとも思うのだけれども。

「えと、そんなに危なっかしく見えますか、おれ」

「危なっかしいんじゃなくて気になるのよねえ……カオくん、食欲落ちてるでしょ。それもそこそこ長く続いてるわよね。前に事務所で会った時より痩《や》せてるし」

「え、」

「そのモーニングも。さっきから全然、手をつけてないし」

「いやまだ食べますよ？　それに食事ならちゃんと摂ってますし」

「だったら量そのものが減ってるわよね。全体的に萎《しお》れてるもの」

返答に詰まった香を見返す園子は真顔だ。いつもふんわり笑っている人というイメージがあるせいか、少々どころかかなり怖い。所長の、ある種の笑顔とよく似た恐ろしさがある。

「今日から食べます。ちゃんと」

「うん、でもおなかとも相談してね。いきなり詰め込むと身体に負担だから」

急いで箸を手に取ったら、幼稚園児に言うような台詞とともに頭を撫でられた。ほぼ一か月ぶりの感覚にひどく安堵しながら、香は卵焼きを口に入れる。

「話を戻すけど、つまりその服を選んだのは有田さんじゃない。というより、そもそも一緒に買い物に行ってもいない、ってこと？」

「……そ、です。おれ、あの時点で完全に嫌われてたみたいで。事務所出てエレベーター降りたところで、自分でどうにかしろって言われて余るほどお金を押しつけられました……」

一息に言ってちょっと乾きかけたお握りを齧《かじ》ったら、園子は「あらあ」と声を上げた。

「それ、所長がキレる案件よね。特殊報酬ってそもそも現物支給だし」

「あ、お金は返しました。ていうか、返そうにも受け取ってくれないので、全額封筒に入れてリビングのチェストに入れてあります」

「それ、さらに所長の逆上案件なんだけど？　ってことは、その髪も服も自費？」

「大学用の服とか、新しいご主人さま用の準備はそもそもおれが自分でやることですから」

「でもねえ、それにしたって」

「えと、仕事自体はスムーズにできてるんです。その、クレームとかも出てない、ですよね？」

渋い顔をしていた園子は、けれど香のその一言で瞬いた。

「そういえばそうよね。カオくんからも何も言って来ないし、だからそれなりにうまく行ってるんだろうって――でも気になるから近々連絡しようかって所長は言ってたけど」

「問題は、家政婦の仕事じゃないみたいなんです」

香の言葉に、彼女はきれいに描かれた眉を「えええ」とばかりに寄せてしまった。

「それって、つまり」

「おれのことが、個人的に気に入らないのもあるんだとは思いますけど。一番のネックは要望書の内容みたいで。……契約書にサインした時も、実はまだ読んでなかったとかで」

「それは所長から聞いてるけど、完全に有田さんのミスでしょ」

即座にそこに突っ込むあたり、やっぱり所長の親類だ。確か、所長の従兄弟《いとこ》の娘、という間柄だと聞いた覚えがある。

ちなみに園子の苗字が「中浦《なかうら》」だと香が知ったのはその時だ。その前にも現在になっても、「園子さん」と呼ばせてもらっている。

「昨夜思ったんだけど。カオくんて基本、仕事期間中は誘っても応じないよね」

「ぁ、……えと、すみませ」

「咎めてるんじゃなくて、感心してたの。だってそれって仕事中のカオくんが、雇い主――今なら有田さんに集中してる証拠でしょ？　なのに、いくら休みだからってこんな朝早い待ち合わせにOKしてくれるのって……ねえ、本当に虐められたりしてない？」

本気で心配げに身を乗り出して訊かれてしまって、慌てて両手を振って否定した。

「いやそれはないです！　ただ、その……おれの仕事って特殊だし、受け付けない人がいて当然ですよね？　有田さまがそうだったら、関わりたくなくて当たり前だと思うんです。おれの予想ですけど、たぶん近くに他人がいることを好まないタイプの人じゃないかな、と」

少し被《かぶ》せ気味に答えたら、園子はふと黙った。じ、と香を見ていたかと思うと、頰杖《ほおづえ》をほどいてテーブルの上で指を組む。

「今度こそ所長に相談してみる？　今日は事務所休みだけど、電話すれば捕まるでしょ」

「無理、だと思うんでやめときます。その、契約内容が今回、いつもと違うんで」

有田の心情が「やむを得ない事情」にならないなら、香の側も条件は一緒だ。一度承諾した契約を、個人の都合で途中解除などできるわけがない。

「それで、その……園子さんに、訊いてみるんですけど。うちの事務所だと無理なんでそれ以外で、誰か知りませんか？　おれと同程度に仕事ができて、今フリーの人」

「いる、って言ったとして、どうするの。契約完了までまだ四か月もあるでしょ」

「だからその、おれが雇えばいいんじゃないかな、と」

対人的な距離感は、人それぞれだ。香が嫌われているのは別としても、「希望していない住み込み」は精神的に負担が大きい。そもそも場や空気を乱されるのを嫌う人であれば、なおさらだ。休日も休養も意味をなさなくなってしまう。

「カオくんが雇うって……報酬はどうするの」

「おれが出します。えと、有田さまが支払う形になってる額面をそのまま出せば、通いにしても熟練した人にお願いできますよね？」

「それは、そうだけど。通いと住み込みって基準が違うし……でも、有田さんが支払う分ってカオくんに入ってる分より額面は大きくなるけど？」

「そこは補塡《ほてん》します。契約期間中だけなら、長くてもあと五か月ですから」

「えー……」

渋い顔をする園子は確か、半年ほど前から所長に「もっと突っ込んだ仕事」を仕込まれていると聞く。そのせいか、それともこの程度は基本なのか、ため息交じりに続けた。

「だとしても、別の理由で難しいよ。そもそも有田さんて所長の知り合い……友達？　みたいなのに、うちにへの依頼を避けてたっぽいのよね」

「え、……避けて、たんですか？」

「たぶん、だけど。わたしも何度かお会いしたけど、有田さんて所長のこと苦手なんだと思うの。まあ、今回の依頼は状況が状況だから、余計に強く出られないんだろうけど」

「あー……」

苦手、の一言にさもありなんと納得した。同時に「状況」の意味がわからなくて首を傾げていると、園子は軽く首を竦めて言う。

「カオくんは聞いてない？　有田さんとこの前の家政婦さんが最初に退職依頼したのって、五年も前なの」

「聞きました。えと、見つかった人が居着かず次々辞めてった、とか」

「そうそう。で、有田さんがうちに依頼しに来たのがカオくんとの契約が決まる四日前」

「契約のよっかまえ、って……え？」

意外さに瞠目《どうもく》して、その後で納得した。

年単位で継続していた依頼なら、事務所所属の中でも「できる」誰かとどこかでタイミングが合ったはずだ。なのに、所長は「香が空いていてよかったと思え」と言っていた。

「複数の事業所に頼んでも全滅続きで、切羽詰まってうちに来たみたい。詳しい条件はわたしも聞いたけど、まあ無理もないっていうか？　前任の人がよすぎた上に、ご本人の好き嫌いが激しくて気難しい。カオくんが対処に困るんだったら、そこは間違いないよね」

「や、えと、それはおれが特殊だから、で」

「それは関係ないと思うの。——とにかくそういう経緯と事情の結果、五年かけても次の人が見つからなかったってこと。他の事務所に当たったとして、簡単に見つかると思う？」

「う、あ、えと、……そこまで難しい人じゃない、と思うんです、けど」

反駁《はんばく》したら、とたんに意外そうな顔をされた。

「何言ってんの。すでにごはん食べられなくなってるくせに」

「、それはおれの自己管理能力の問題っていうか、おれの事情も含んでるんで……その、仕事そのものは完全に任せてもらえるし、八つ当たりで絡まれたり殴られたりもしないですし。

……その代わり、必要最低限でしか声をかけてもらえもしません、けど」

「何それ、カオくんにはいっちばんキツいやつじゃゃ……ところで手が止まってるけど、もう食べるの無理みたい？」

顔を顰めた園子に訊かれて、そういえば食事中だったと思い出す。見下ろしたモーニングのトレイはそれでも残り四分の一になっていた。

「えと、大丈夫です。あと少しだし、頑張れば食べられ」

「うーん、でも無理しない方がいいかな。カオくん和食の方が好きだったよね、お昼もそれでいい？　食べやすくておなかに優しいメニューを扱ってるお店があるから」

「ありがとうございます。……えと、その、じゃあ実際的におれが他の人を雇うのって」

「人員確保できるかどうかがまず問題よね。あと、確保できたとしてどうやって所長にバレずにすませるかっていうエベレスト級の難題が出てくるわけで。わたしだったら相手が悪すぎるから諦めるけど、それでもやるつもりなら有田さん本人の協力が先決じゃない？」

「……ですよ、ね……」

もっともな言い分だが、それこそ高難易度すぎる。現状では話し合いが成立するか否かよりも前に、そもそも時間を取ってくれるかどうかすら怪しい。

「それと、さっきカオくんが言ってた今回限りの契約文ね。あれ、他の契約には最初から入ってないから、たぶん所長に考えがあって入れたんだと思うの。だから、カオくんのその案って実行した時点で所長にまともに反抗？　抵抗？　してるのと同じかも」

「え、それはちょっと」

絶望的な気分になったが、あいにく香には園子以外に相談できる人がいない。同じ事務所所属の家政婦だって、顔見知りはいても連絡先までは交換していない。唯一連絡できる同業者といえば中野だが、この件をあの人に相談するわけにもいかない。

……完全に、詰んでしまったのではあるまいか。

「悪いこと言わない。素直に所長に相談した方がいいよ」

しみじみつくづく言われた内容が正論だとわかるだけに、返答のしようがなくなった。

「えと、――でも、それやるとおれ、仕事ができない人になっちゃいません、か……?」

「ならないでしょ。クレームが来てないんだから問題は相性ってこと」

「それは理由にならないって、この前所長が有田さまにきっぱり言ってましたけど」

「カオくんじゃなく、有田さまに言ったのよね?」

「それはそうです、けど……」

言い淀《よど》んだ香をしばらく眺めて、園子は小さく苦笑した。飲み終えたカップをテーブルに戻し、テーブルの端にあった伝票を手に取る。

「そろそろ出ない？　お散歩がてら、そこの商店街まで歩いて行こ」

「あ、ここはおれが」

「残念、誘ったのはわたしだから支払いもわたしー」

歌うように言って立った席にはきれいにからになったケーキ皿が残されていて、「いつのまに食べたんだろう」と感心した。

「カオくん、何か買いたいものとか見たいものはある?」

支払いを終えてコートを羽織り、ヒールのブーツで颯爽《さっそう》と歩く園子に追いつきながら、香は上着の前を閉じる。年明け二月も半ばを過ぎた今日、空は晴れ渡っているが気温は低い。

「ないです。園子さんは行きたい場所あります? おれでよければお供します、けど」

「じゃあちょっといい? 期間限定の展示会があるって、ここに来る途中で広告があったの」

続いて彼女が口にした名前は、どうやら世界的に有名な芸術家のものらしい。了解しながら左右の指を擦《こす》り合わせたら、気付いたらしい園子が言う。

「その前にカオくんの手袋見に行こ。前になくしたの、まだ買ってないんでしょ。わたしが見立ててあげるー」

「ありがとうございます。えと、助かります……」

この目敏《めざと》さを見習わねばと思いながら、辿《たど》り着いた商店街を園子の先導で歩いた。いくつかの買い物をしてから、遅めの昼食を摂って展示会場へ向かう。

聞くところによると園子は本気でその芸術家のファンだったらしく、食い入るように作品に見入っているため進みが遅い。つかず離れずで歩きながら香も眺めてみたものの——まるで興味が湧《わ》かないのが、所長によく言われる「無関心」の現れなのかもしれないが。

「ところでカオくんて、この先もずっと今の仕事続ける予定?」

休憩したいとの園子の希望で入ったカフェで、オーダーした飲み物が届いて間もなく唐突にそう言われる。脈絡のなさに何度か瞬いて、香は素直に口を開いた。

「ですね。他に、おれがやれそうな仕事ってないですし」

「嘘、知ってるんだからっ。カオくん、所長から打診受けたでしょ？　うちの受付事務」

「……えと、何で園子さんがそれ知ってるんです？」

事実だが、所長からそれを言われたのは香がまだ引き取られて間もない頃――園子が入社するより前のことだ。

「所長が言ってたよ。泣いて縋《すが》って必死でお願いしたのにすげなくフラれたって」

「すが……ひっし……すげなくって、いやおれフッたりしてませんけど!?　それ以前に所長がそんなことするわけないじゃないですか」

前半を少々ムキになって言ったら、園子はわかりやすく笑いを噛《か》み殺した。なので、後半は呆れ交じりにトーンを落として、ついでに目の前のパウンドケーキにフォークを入れる。オーダーはすべて園子任せだが、どうやら「香に食べさせよう」キャンペーン実施中らしい。

「でも即答で断ったって聞いたよ？」

「そりゃ、……だっておれと所長って、通りすがりの赤の他人ですよ。拾ってもらって仕事仕込んでもらって、勉強して大検受けろ大学も卒業しとけって追い立ててもらっただけでも十分すぎて申し訳ないくらいです」

その上、さらに金銭関係まで扱う事務スタッフとしての雇い入れなんてあり得なさすぎる。

もちろんありがたいとは思ったけれど、実を言えば当時の香にはそれ以上に「そこまで言ってもらえること」自体が恐ろしくて仕方がなかった。

「カオくん、家政婦のお仕事への食いつきが凄かったっていうもんねえ。素直でガッツがあって、何か千尋《ちひろ》の谷に子どもを突き落とす親ライオンの気持ちがわかったとか自慢してた」

「所長に会う前がひどすぎただけです。家政婦とか言ったって、真似事以下のモドキでしたから。――自分がそうだっていう自覚もなかったくらい」

自分の生活や仕事が「まともじゃない」ことくらい、当時から薄々察してはいたのだ。けれど他にどうしようもなくて、どうすればいいかもわからなくて、だから成り行きのまま、連れて行かれるままの場所で「モドキ」をやっていた。

今思うと所長が事務職を提案したのは、香がまともな家政婦になるとは思えなかったせいなのかもしれない。実際そうなっていたとしても、おそらく園子の半分も気の利かない、雑用係がせいぜいだったろうけれども。

「カオくん、来年には大学卒業でしょ？　成績もいいみたいだし、だったら別のお仕事探すのもアリなんじゃない？」

「考えてないです。えと、今の仕事の方が慣れてるし、落ち着くので」

「そっかー。まあ、カオくんてお客さんからも評判いいもんねえ。……あ、そうだ。ところでカオくん、一昨日《おととい》からこっち、所長から連絡あった？」

香の気持ちが竦んだのに気付いてか、園子は笑って話題を変えた。ほっとして、香はけれど首を傾げる。

「先月、事務所で会ったきりです、けど。クレーム、じゃないんですよね？」

いったん仕事に入ると、香はほとんど事務所に行かない。住み込みなのも大きいけれど、必要な連絡は必ず来るからだ。特にクレームに関しては迅速で、住み込みで自由時間が不透明だからか届いて半日と経たずに知らせが来る。

「もう言っちゃうけど、新規の依頼かな。カオくん指名で、できれば今日からでもってすっごいせっかちな感じで」

「えと、でもそれお断り案件ですよね」

「そうなんだけど、今の契約が終わったらすぐとか前金で半年分払うとか、妙にしつこいのよ。でもってそのお客さん、うちを使った履歴がなかったりするし」

「え、……じゃあ誰かの紹介、とか？」

仕事のやり方が「特殊」なこともあって、香の情報は前面には出ていない。ほどほどのタイミングで来る新規は有田のような所長判断か、過去の顧客からの紹介に大別される。

「そこが曖昧だから変なのよ。紹介者を訊いてもまともな返事がないとかで、所長が警戒してるの。で、もしかしてカオくん本人ならわかるかもって話が出てて」

「ないです。個人の連絡先はご主人さま関連には伝えてませんし、事務所携帯は仕事毎に変えてますよね？　出歩くのも大学と有田さまの家と、近くのスーパーくらいで」

「何それ、全然遊んでないってこと？」

真面目に返事をしたのに、何故か別方向で食いつかれた。

「えと、でも今は仕事期間中ですし」

「ないわー。住み込みだって休日くらいあるでしょ？　せっかく大学生なんだし、カオくんはもっと遊ばないと。ほら、大学の友達とか！」

「そんなのいません。園子さんなら知ってますよね？」

だからこそこうしてわざわざ誘ってくれているんだろうに――そんな思いで気持ち見上げたら、珍しく困った顔をされてしまった。お見合い状態で数分を過ごし、さすがに香が「言い方がまずかったかな」と思った頃になって、短く息を吐いて言う。

「んー……まあ、だったらまた誘うけど、いい？」

心の底からほっとして、返事の代わりが全開の笑顔になった。

6

園子と別れたのは、午後も遅い時刻になった頃だった。

「じゃあカオくん、またねっ」

笑顔で言う園子が改札口の向こうの通路に消えるのを見届けて、香は出口へと向かう。

大学に行く時に使うのとは別の路線の駅だが、ここから有田のマンションまでは徒歩で十分ほどだ。徒歩圏内には別の路線駅もあって、その意味でかなりいい立地だと思う。

「夕飯の買い物、は……今日はまだ、いいんだっけ」

メニューも決まっているし、下準備もすませてある。だから、後は帰って軽い掃除と風呂の準備と、夕飯を作るだけだ。

「――……」

そう思うだに気が重くなるのは――やっと見つけた「つもり」だった打開策が、木っ端微塵《こっぱみじん》になったせいだろうか。

長めの階段を上り切った先、建物の合間で晴れ渡った空を見上げて何となくため息が出た。

所長に相談すべきか、もう少し様子見した方がいいのか。……どっちにしても終着点は同じ気がするけれど、自分から「もう無理です」と口にするのはどうにもハードルが高い。

無意識に口元を押さえたら、もふりとした感触がした。視線を落とすと、園子が選んでくれたブルーグレイの手袋が目に入る。そのまま会計までされそうになって慌てて引ったくって自分ですませた、という経緯つきだ。

(また連絡するけど、ちゃんと食べてね?)

最後の最後まで、気にかけてくれた園子を思い出す。

別れ際にハグしてもらったおかげか、気分はそれなりによくなった。とりあえず、次に会うまでには「痩せた」分を元通りにしておきたいものだ。——そんなことを考えていたせいか、横合いからかかった声にすぐには気づけなかった。

「おい、無視すんなって」

「……は？」

唐突に、上着の肘を摑まれてぎょっとする。いつの間にか、有田と同世代くらいの見知らぬ男がすぐ傍にいた。香の肘を離さないまま、馴れ馴れしく顔を寄せてくる。

「あんただろ？　何でも言うこと聞いてくれるお人形って」

「——どなた、ですか。あと、肘。離していただけませんか」

さりげなく腕を引いたら、離れるどころか摑まれた肘を強く引かれた。たたらを踏んだ結果、香はかえって相手の懐近く寄ってしまう羽目になる。

「うっわ、本当に積極的ー。ついでに写真写りよくないんだな、思ってたより可愛いじゃん。身体は貧相ってか棒っきれだし肌も荒れてっけど、まあ男ならこんなもんか」

「さわらないで、いただきたいんですけど」

ベタベタと髪や頰に触られて、鳥肌が立った。

人肌や体温が好きなのは確かだが、誰でもいいわけがない。所長や園子は信頼しているからで、「ご主人さま」は契約相手であり「仕事」だからだ。

なのですぐさま腕を突っ張ったものの、いつの間にか腰に回っていた腕に無造作に抱き寄せられた。精一杯押し返す腕をそのままに、香は胡乱に相手を見上げる。

「誰、ですか。自分に、何の用があって」

「うん？　いいお人形があるって聞いたんで見に来た」

当然とばかりに言う男はやけにいい笑顔だが、あいにく香にはイヤな予感しかしない。

遠い昔から知っている笑い方だ。そして、こんな顔をする者に関わるとろくなことがない。

「……離してください。何の話だか知りませんけど、迷惑です」

「そうやって焦《じ》らすのが得意なんだろ？　好きなだけつきあってやるからちょっと来いって」

言い様に身体ごと引っ張られた。つんのめって目を向けた先、後部座席のドアを全開にしたまま路肩に停まる車が目に入る。運転席にいる知らない男が、妙ににやついてこちらを見ていた。

目の前の相手の連れだと察して、即座に足を踏ん張った。摑まれた腕を、全力で振り払う。

「何だよ、ご主人さまが言うことなら何でも聞くんだろ……っ」

半歩先から引き返した男が、心外そうに言ってまたしても手を伸ばしてくる。それを一歩退いて避け、事務的に言い放った。

「ですから、何の話だかわかりません」

「あーもう、焦らすにしたってここでやらなくていいだろ？　こういう場合は、こう言えばいいのか？　こっちはご主人さまから指示と許可貰って迎えに来てるんだ、だったか」

「その言い方だと、あなたはご主人さまとかいう人じゃないですよね。——何で、そんな人の言いなりにならなきゃならないんです？　指示や許可なんて、目の前で出されない限り信用するものじゃないと思いますけど」

これはかつて要望書を作成している時に、所長から入った突っ込みだ。「原則要望に応えるのならなおさら、明確にしておかないと悪用し放題になる、と。

実を言えば本当に、それに近い出来事が起きたこともある。それと比べれば、杜撰《ずさん》すぎて笑いしか出ないレベルだ。

「だーから、目の前で命令するから連れて来いって言われてんの。それに最近ずっと構ってもらってないとかで欲求不満なんだろ？　遊んでやるから来いって……っ」

そう言った男の唇が、ふと笑う形に歪む。直後、背後から羽交い締めにされてぎょっとした。振り返った先には車に乗っていたはずの男がいて、そのまま力尽くで引き摺《ず》られる。

冗談じゃないと、全身でもがいた。とたん、前から迫ってきた男の腕が、襟首《えりくび》ごと香の口元を塞《ふさ》ぐ。そのままぐっと喉を圧迫された。

「まあそう言うなって。オレらの仲じゃゃん？」

「そうそう、約束は約束ー。久しぶりに三人で遊ぶかあ」

「……っ」

口々に言い出した男たちに、そのまま車の方角へと引き摺られた。辛うじて抵抗したはずの腕は背後でまとめて戒められ、声高で聞くに耐えない雑談が周囲に響く。

夕刻と呼ぶには少し早い時刻だが、季節のせいで既に周囲は黄昏《たそがれ》が漂っている。住宅街には距離があるためか人通りはそう多くはなく、そのほとんどが無関心だ。こちらに目を向ける者も厭そうに顔を顰めるばかりで、つまり完全に仲間内だと思われている。

本格的な恐怖を覚えて、咄嗟《とっさ》に口元を押さえていた腕に噛みついた。セーター越しにも骨の感触がわかるほど力を込めると、悲鳴を上げた男が背後の仲間ごと香を突き飛ばす。

拘束が外れた一瞬で、背後の腕から飛び離れた。すぐさま追ってきた足音に慌てて駆け出したものの、背後から肘を掴まれ引き戻される。そのタイミングで、聞き慣れた声がした。

「――っちょっとそこ、カオくんに何やってんの！　どこに連れて行く気!?」

はっとして顔を向けた先、思いがけないほど近くにいた園子が、飛びつくように香の自由な側の腕にしがみつく。男から引き離すように、ぐいぐいと引っ張った。

「その腕、離しなさいよ！　いったい何やってるの、カオくんに何の用!?」

「園子、さ」

らしくもない剣幕に言葉に詰まった香をよそに、最初に接触してきた方の男は一見人好きのする笑みを浮かべた。

「は？　知り合いだよ。アンタよりもずーっと深いお知り合い」

「だったらどうしてカオくんが抵抗してるのっ」

「そういうプレイが趣味だからじゃねえの？　ていうかアンタも同類かー。んじゃついでに一緒に行く？　なあ、面子《メンツ》増えてもいいよな」

へらへらした物言いと同時に、摑まれたままの腕をぐいと引かれた。もちろん抵抗したものの、かえって男の指が強くなる。

「冗談でしょ、何でわたしが――カオくんだって行かないに決まってるでしょ!?　いい加減にしないとこっちだって考えがあるわよ、すぐに警察に」

「――こんな往来で、何をやっている」

唐突に割って入った低い低い声の響きは、一か月前に事務所を出た直後に聞いたものとほぼ同じだ。つまり、相当に不機嫌な証拠でもある。

半端に口を開けたまま、園子が目を瞠《みは》る。へらりと笑っていた男の表情が、妙な具合に固まる。少し離れていたもうひとりが、じりと後じさるのが視界の端にちらりと映った。

これから出かけるのか、帰ってきたところなのか。コート姿では判然としない有田は、もう見慣れた無表情さでまずは香を見、続いてその腕にしがみついた園子を、そして最後に香の逆の腕を摑む男へと視線を一巡させた。それでなくとも寄っていた眉根をさらに寄せて香を見、吐き捨てるように言う。

「下らない騒ぎを起こすな。近所迷惑だ」

思い切り、頭を殴られたような心地になった。

痛いほどの力で摑まれていた腕が、ふと解放される。反射的に目を向けた先、先ほどの男が車に駆け込みドアを閉めるのが見て取れた。乱雑に響くその音が終わるか終わらないかのうちに車は動き出し、あっという間に見えなくなる。

今さらに安堵して、全身から力が抜けた。同じように感じたのか、まだ香の腕を抱き込んだままの園子が音のような息を吐く。気遣うように、香を見上げてきた。

「カオくん、怪我ない？　平気……？」

「あ、はい。ありがとうございます……おかげで、すっごく助かりまし、た。――……あの」

園子に礼を言って、改めて有田を見る。軽蔑と侮蔑と嫌悪をブレンドして蒸留し、限界まで濃度を高めた――そう表現しても足りない視線を向けられて、心臓の奥が痛くなった。

「一応、お伝えしておきますけど。おれ、今の人たちとは初対面、で」

「完全に、おまえを特定していたようだが？」

「でも事実です。確かに情報は持ってるようでしたけど……その、不本意だとお思いなのは承知していますけど、今の自分はあなたのペットで」

「そんなもの不要だと何度言わせる気だ」

ばっさりと、切り捨てられた。それも、今までで一番切れ味のいい声音で、だ。

「おまえが誰と遊ぼうがどんな関係を持とうが私には関係ない。おまえが何を思ってペットを名乗ろうが、知ったことじゃない。——ただし、それも面倒を起こさなければの話だ」

「それ、は」

「とはいえ、好都合だな。これで契約解消の理由がつく。路上で痴情《ちじょう》の縺《もつ》れを起こされた以上、やむを得ない理由に該当するはずだ」

汚物を見るような目に反して、声音の後半が明るくなる。その響きに、すとんと納得した。

この人にとっての香は、完全に「問題」でしかなくなったわけだ。

そして、そう思われるような関係で、「ペット」でいられるわけもなく。

「……あ、のっ！」

唐突に、すぐ横で声がした。

香に固定されていた視線が、今気付いたとでも言うように斜め下に動く。つられたように目をやると、香の腕に抱きついたままの園子がぐっと唇を引き結んで有田を見据えていた。

「こん、にちは。覚えておいでかどうかは知りませんけど、わたし、岸《きし》家政婦事務所スタッフの中浦園子と言います。一か月前にも、その四日前にも一応、お目にかかりました。事務所にいらした時にお迎えして、お茶をお出ししただけですけどっ」

「……園子、さ」

噛みつくような声音が気になって、香は彼女に摑まれていた腕を引く。気付いたらしく目を向けてきた園子は、けれどしっかりと香の腕を摑み直して続けた。

「所長や事務所とは無関係にお話があります。いつまでそのパワハラ、やるつもりですか？」

強い声音に、有田が眉を上げる。面倒そうに息を吐くと、それでも声を和らげて言った。

「パワハラとはどういう？　そもそも中浦さんには関係のないことでは？」

「あいにくですけど大ありです。カオくんが直接あなたに何かしましたか？　そこまで嫌ったり、厭がったりするような真似をしたんでしょうか。だったらとっくに事務所にクレームが来て、契約だって解消してるはずですよねえ!?」

「ちょっ……園子さ、それ以上は、もう」

「カオくんは黙ってて！　所長には自己申告するし、叱責《しっせき》も減俸も覚悟の上だからっ」

言葉とともに腕を引かれて、園子の背後に隠すような位置にされた。もっとも香の方が身長が高いため、有田の姿は丸見えだ。つまり、有田からも香が見えている。

「有田さんが、個人的にカオくんを嫌うのは勝手です。でも、だからってろくに人の話を聞くこともせずに、一方的に決めつけるのはあんまりだと思いますっ」

「――……一方的に、決めつけるとは？」

園子の言葉が途切れるのを待っていたように、有田が言う。その声音は香に対するものよりも柔らかく、そのことに少しだけ安堵した。

「大学に入って仕方なく買うまで、カオくんは自分のスマホは持ってませんでした。仕事の連絡用は事務所のもので、契約先が変わるたび変更しています。事務所宛に昔のお客さんから連絡が来ても、カオくんはいっさい応じてません」

「却下だな。実際、ここで会った上に騒ぎまで起こしている。それに、その言い方だと今はスマホなり持っているわけだ」

「……カオくんが自分から、自分の意志であいつらに連絡したっていう証拠はありますか。直接それを見聞きしたとでも言うんですか？」

園子の声が、ふと低くなる。返事を待たずに続けた。

「カオくんのプライベートスマホなんて、ほとんど時計代わりですよ。引きこもりで人づきあいが苦手で、通って丸三年になる大学でも友達がいないって自己申告するような子が、あんな誘拐紛いをやらかすような連中と仲良くする道理がどこにあるんですかっ？」

これは、庇《かば》われているのか貶《けな》されているのか。少々微妙な気分で息を吐いたら、気付いたらしい園子がさらにぎゅっと腕を摑んできた。

「呼び名とうちの事務所名で調べれば、カオくんの居場所なんて簡単にわかります。大学名を知っていればすぐだし、事務所を張っていればカオくんは必ず出入りします。人里離れた山奥で、自給自足の隠遁《いんとん》生活してるわけじゃないんですからっ」

力説する園子の気持ちが腕を握る指から伝わってくるようで、ふいに胸の奥が詰まった。

有田からは見えない角度で、手首を返して園子の腕を握り返す。応じるように園子の指にまた力が籠もって、気持ちが軽くなっていくのがわかる。

だからといって内側に満ちていく「諦め」が減るわけではない、けれど。

「カオくん、自腹で家政婦を雇うつもりだったんですよ！　あなたが不快にならないように って、自分のお給料そのまんま回せば見つかるんじゃないかって」

人に対する嫌悪なんて、いったん抱いたら滅多には消えない。「どうでもよく」なれば御の字で、まず「好意」にはなり得ない。その原因が香自身とオプションにあるのなら、なおさらどうにかなる道理がない。

「それにカオくん、明らかにこないだ見た時より痩せてるんですけどっ？　今日だってろくに食べられなくて、それって絶対ストレスですよねえ？　仕事が入ったからって、今までここまでになったことは一度もないんですけど⁉」

嫌悪する相手から「ペットになります」と言われたところでただの迷惑だ。だからできるだけ息を潜め、食事時以外は関わらないよう自重した。それも結局は無意味だったわけで。

「あなたもいい大人なら見ただけで決めつけないで、せめてカオくんの話くらいちゃんと、」

「園子さん。もういいですから」

気持ちを定めて口を開いたせいか、妙に落ち着いた声が出た。

はっとしたように、園子が振り返る。気遣うように見上げる視線に、営業用ではなく本心からの笑みが出た。

「大丈夫です。覚悟はできていたので」

「カオくん、でも」

「だけど、ありがとうございます。気持ちはとても嬉しいです」

園子に頭を下げて目を向けると、渋面の有田とまともに視線がぶつかった。

さっきまでは痛かった目の色を、けれど今はそこまでに感じなかった。どうやら本気で諦めがついたらしいと自己分析して、香はゆっくりと口を開く。

「事務所にクレームを届けるなら、ご自由にどうぞ。自分——おれ、からも報告は上げておきます。ただ、できれば明日以降にしていただけると助かります」

「……何？」

「所長は常に携帯を持ち歩いている人なので、休日がまともに休日にならないことが多いんです。——昨日から準備済みなので、今日はいったん戻らせていただいて夕食その他の準備をしますが、いつも通りそれ以外では顔を見せないようにします。食事前後も耐えられないと仰るなら、準備ができ次第部屋に引っ込みます。それすら無理なら、すぐに荷物をまとめて出て行きます。……お手数ですが、指示をいただけますか？」

いつも通りの声音で言ったら、どういうわけか妙にまじまじと見られてしまった。ややあって、ふいを顔を背けて有田は言う。

「時間はいつも通り、隠れる必要もない。——クレームについては明日以降にしておく」

「ありがとうございます。では、園子さんを駅まで送ってから戻らせていただきます。もし気が変わられましたら、いつでもご連絡ください」

丁重に言ってから、改めて園子を見下ろした。この人の拗《す》ねたような、後悔に満ちた顔を目にしたのは初めてで、「珍しい」と素直に思ってしまった。

「ちょ、カオくん何でそこで笑っ――」

「あ、えと、ごめんなさい。園子さんでもそんな顔、するんだなって」

「そりゃするわよ、あんっな理不尽な……ってカオくん、本当にいいの？」

言いながら、ちらりと園子が目を向けた先は有田がいた方角だ。つられて見ると、何故だか男はまだそこにいて、妙に難しい顔でこちらを見ていた。

「いいです。諦めましたから」

「あきらめって、だって」

「仕方ないですよ。嫌いなものを無理に好きになることってできないじゃないですか」

「そう、かもしれない、けどお」

「それよりどうしたんですか？　おれのこと追い掛けてきたんですよね？」

それも、わざわざ一度入った改札から出てきたことになるのだ。なので訊いてみると、園子は思い出したように言う。

「ああ、うん。実はこれ、カオくんにと思って」

買い物荷物の中から取り出した包みを、押しつけられる。「えっ」と受け取ってみると、包装越しにも柔らかい感触が伝わってきた。

「似合うと思ってつい衝動買いしたの。別れ際に渡し逃げするはずが忘れちゃってて」

「渡し逃げって園子さん」

「そうでもしないと、カオくん受け取ってくれないでしょ。あ、返品不可ですからっ」

開けて開けてと言いながら、園子自身が包装をほどく。中から出てきたのはふわふわの、手袋と揃いのマフラーだ。そのままぐるりと首に巻かれて、「似合う」の一言をいただいた。

「えと、……ありがとうございます。大事にします」

ほっとしたように笑った園子を、駅の方角へを促す。その時にはもう、有田は別方向に向かって歩き出していた。

7

針の筵《むしろ》とは、こういう状況を言うのだろうか。

キッチンの奥、カウンター越しにもテーブルが見えない位置に凭れてついため息が出た。防音がしっかりしているのか、有田のマンションでは殆《ほとん》ど物音がしない。集合住宅だとどこからともなく音がしてもおかしくないのに、ここでは一度も聞いていない。おかげで、有田が茶碗《ちゃわん》を置いたり、皿を動かす音までしっかり聞こえてくる。

「……、――」

すぐにでも出て行けるよう荷造りはした。もとい、初日からそんな気がしていたのでほぼ毎日、起床時と就寝前には荷物をまとめておくのが習慣になっていた。

園子を送ってマンションに戻った時、有田は不在だった。食事の支度の合間、他の家事をこなしているうちに帰宅した彼にいつも通り先に入浴を薦め、ダイニングテーブルに食事を並べた後は、キッチンの一番奥に待機する。そうして今さらに、いつ声をかけられてもいいよう見える場所にいたのも「しつこい」うちだったようだと妙に納得した。

気に入られるよう愛想を振りまくのも、声をかけやすい場所にいるのも何かと甘えてみせるのも香にとっては「仕事」のうちだ。けれどその全部が有田には不快でしかなく、そうした積み重ねのトドメが夕方のアレだった――ということなのだろう。

エプロンのポケットから取り出したスマートフォンに、着信はない。どうやら有田は本当にクレームを明日に回してくれたようで、十分にありがたい。

明日早々にこちら有責の契約解除となるとしても。

重い気分でそっと息を吐いた時、低い声に「おい」と呼ばれた。

正直、幻聴だと思った。顔を上げ、キッチンの出入り口とカウンターを眺めて固まっているると、もう一度「……おい」と呼ぶ声がする。

「えと、はいっ」

調味料が入ったラックを咄嗟に手にする。有田がついたままのテーブルに近づき「味付けが物足りなければ、これで」と声をかけた、ら。

「違う。そうじゃない」

「は、い……？」

混乱したままテーブルの上を見て、気付く。並んだ皿はどれもきれいに完食済みだ。

「一度、きちんと話がしたい。今日これからか、明日のどこかで時間は取れるか」

「――、……」

言われた内容が、すぐには理解できなかった。数秒、ぽかんと精悍な顔を眺めているうち、ようやく少しずつ意味が頭に染み込んでくる。

「えと、……無理は、されない方がいいと思います」

「何？」

「当初お話ししたようにそもそもおれが特殊であって、受け付けられない方がいるのは当たり前です。むしろ、ご迷惑をおかけして申し訳ないくらい、なので……クレームは、そのまま出していただいた方がいいかと。ただ、できればひとつだけお願いが」

いったん言葉を切った香に、有田は無言で目を向ける。促す気配に少しほっとして続けた。

「園子さんを、悪く思わないでいただきたいんです。その、個人的な話で申し訳ないんですけど、以前から気にかけてくれる、おれにとっては恩人、なので。そもそも園子さんは直接には関係ないことですし、所長にはあの場で仰った通りを伝えていただければ」

客観的に見れば、有田の言い分の方が正当だ。香は「ペット」としてあり得ない失態を犯した。不快に思われるのも、契約を解消したいと言われるのも当然でしかない。

「……所長が、それで納得するとでも？」

「大丈夫だと思います。マンションの前で騒ぎを起こしましたし、要望書の内容にも牴触《ていしょく》していますｓ。ペットのくせに他の人に懐くとか誘うとか、あり得ないです」

「それは事実ではない、と中浦さんは言ったが？」

「それとこれとは話が別です。所長には、ペット失格だと言っていただければ大丈夫です。おれもその通りに自己申告しますので」

すっきりと言い切ったら、有田は思案するように眉を寄せた。それを見ながら、「もしかして、まともに会話するのはこれが初めてかも」と思う。

「こちらとしては、やり直しを提案したいんだが」

「は？　えと？　それは、どういう」

何度も聞き返すのはマナー違反だ。承知の上で、けれどそうせずにはいられなかった。

「中浦さんが言うことは一理あると思った。もちろん、事実のすり合わせもするつもりだが」

「やめた方が、いいと思います」

咄嗟に口にして、相手の言葉を遮ったことに気がついた。眉を寄せたままの有田に無言で先を促されて、香は慎重に言葉を探す。

「残りはまだ五か月もあります。人って厭なことは長く感じますし、自宅は本来安らげる場所のはずですよね。せっかくの機会は逃さない方がいいです」

ごく素直にそう言ったら、どういうわけかため息を吐かれた。ややあって、有田は言う。

「中浦さんが言った、自腹で家政婦を雇うというのは？」

「えと、……それは実際的に無理だとわかったので。絵に描いた餅でしかない、っていうか」

「何が、どう無理なのかを具体的に聞きたい」

現時点での有田はまだ香のご主人さまで、つまり訊かれれば拒否権はない。なので園子と話した内容を、あの時に聞かされた有田側の事情だけ省いて説明した。

「自分は知り合いが少ないので……同業者にも親しい人がいないから、ろくに伝《つて》がないんです。そうなると探すこと自体が難しいですし、何より所長に隠し通すのは無理があるかと」

「……――何のためにそんなことを考えたのか、訊いても？」

「だって精神的にキツいじゃないですか。顔も見たくない、関わりたくないほど嫌いな相手が自分の家で暮らしてるのって」

「それがうまく行ったとして、その間おまえはどうする気だ」

「所長にバレないように、大学近くでアパートを借りるかホテルに行こうかと」

「……それで、おまえに何の得がある。どうしてそこまで考えた？」

不可解と言わんばかりの顔で、じっと見据えられた。その視線にもこれといって気圧《けお》されないあたり、どうやらすっかり諦めがついたらしい。

「ですから、おれはペットなので。ご主人さまに居心地よくいていただくのが仕事ですから」

言い切った香を見る有田の目は妙に複雑そうで、だから苦笑交じりに付け加えておく。

「とはいえ、ご主人さまにとって無用であれば邪魔になるだけです。当初からはっきり仰っていたのに、居座ったおれの方が無作法だったんです。……これも要望書には明記してるんですが、本来なら不要と判断された時点で契約解消になるのは当たり前なんです。ただ、今回はあの契約書の一文と所長の指示があって、そうはいかない状況になってしまっただけで」

いったん息をついて、香は改めて有田を見る。いつもと違って自分が見下ろす構図を、やけに新鮮に感じた。

「契約書についても、違和感をそのままにしたおれの不手際です。もっときちんと、所長に抗議すべきでした」

「……したところで無駄だと思うが？」

「あー……そうかもしれません、ね」

間髪を容れずの返答に、つい笑いが出た。小さく鳴った喉《のど》が静まるまでの間もじっとこちらを見据えていた有田に、香は改めて頭を下げる。

「一か月間、お世話になりました。ご迷惑とご面倒しかおかけできず、申し訳ありませんでした。その、支払い請求が来た時に金額と振り込み先をお知らせいただけませんか？　全額、お返ししたいので」

「一か月分、ただ働きでいいと？」

「ペット失格ってことは、仕事ができていなかったということです。それでお金をいただくのは違うと思うので。現在ご存じの連絡先は契約解消時点で使えなくなるので、プライベートの連絡先をお渡しします。もちろん入金をご確認いただいた時点で、いただいた連絡先は削除します。以降、二度とこちらからご連絡は差し上げませんので、ご安心ください」

　言うべきことは言ったと内心で安堵し目を上げて、けれど香は怪訝に瞬く。

　有田が、やっぱりまじまじとこちらを見ていたのだ。

　これまであった敵意や侮蔑が、薄れていると思うのは気のせいか。それとも、これで終わりだからと緩めてくれたのか。どちらにしても、ありがたいことに変わりはない。

「えと、ここ片付けさせていただきますね。明日の朝食はいつも通りでよろしいですか？」

　無言のまま、有田が頷く。それを見届けてから仕事に戻った。テーブルの上の食器をまとめてトレイに載せ、キッチンに引っ込んで洗い物にかかる。自分の夕食は――ほぼ習慣で作ったものの、どうにも食べる気がしない。

「きょうはそのこさんと、ちゃんとたべたし。あしたのひるでいい、かな……」

　食洗機のスイッチを入れ、明日の食事の下準備を確認する。常時ストック分と併せて使えば、二日から三日分は作り置きできそうだ。最後なら、そのくらいはさせてもらっておこう。

頭の中で算段し、必要な品物を冷凍庫から冷蔵庫に移す。エプロンを外しながらリビングダイニングに出ると、すでに有田の姿はなくなっていた。

着替えを取りに行き、静かな廊下を通って浴室に入る。洗濯物はさほど多くなかったため、明日の朝一番にすませることにした。

「所長への連絡、は……朝一番の方がいい、かな」

温くなった湯に浸かりながら、改めて思案する。

こちらの問題での契約解消になることと併せて、お詫《わ》びがてら仕事を終えて事務所に行くと伝えれば通るはずだ。

「あとのことは、……あとのこと、かな。うん、でも園子さんはきっと大丈夫、だよね」

小さく呟《つぶや》いた時、ふと震えが来た。湯の一部が「温い」ではなく「冷たい」になっているのに気付いて、香は早々に上がることにする。手早くタオルで拭いて寝間着を着込み、濡《ぬ》れていた足の裏を拭《ぬぐ》って腰を上げ――ふっと目の前が暗くなる。

「え、……?」

身体の軸が、ぐらりと傾ぐ。そのまま崩れたかと思うと、右肩や腰に鈍い衝撃が来た。次いでごろりと転がる感覚があって、追い掛けるように染みるような冷たさが来る。

固く冷えて平坦な、これは床ではないだろうか。そう思い、けれどその思考は空に消える煙のようにするりと薄れた。

かすかに、足音が聞こえてくる。それも間遠になったり近くなったりと一定しない。それでも、引き戸を勢いよく引き開ける音と——誰かの驚いたような声音だけは聞き取れた。

何だ、この程度のこともできないのか。——という声がした。

香がよく知っている、けれどもうずっと長く聞いていない響きだ。心底呆れたような、とても厄介《やっかい》なものを見たような。

その言葉を投げつけられるたび、幼い香は身を縮めていた。一時は「ごめんなさい」が口癖になって、けれどそれを言いすぎると手を上げられると知った。だからといって言わなすぎると「生意気」「反省がない」と叱られるから、びくびくと相手の顔色を窺う癖がついた。

その頃すでに小学生になっていた香にとって、「親」は遠い過去の存在だった。唯一はっきり覚えているのは、布団の中で寝入る寸前に胸元を撫でてくれた優しい体温だけだ。けれどその記憶には続きがあって、やがて目を覚ましても傍には誰もいない。心細さに呼んでも恐怖に泣き叫んでも、泣き寝入りの後に空腹で目が覚めても。どんなに望んでも、あの手の主は現れない。

……あとあとになって罵り交じりに聞いた話によると、香の母親はある日唐突に姿を消したらしい。無断で家を飛び出した娘が生んだ父親の知れない子のことなど知ったことじゃないと、香の祖父母に当たる人たちは取り残された香の引き取りを拒否したのだそうだ。最終的に、香は母親の弟——叔父《おじ》に当たる人に引き取られることになった。

その叔父にとっても、香は厄介者だったようだ。それから十年近く過ぎた頃、香が叔父から言いつけられた数か月単位の「仕事」を終えてアパートに戻った時、部屋のドアには不動産屋からの伝言が貼られていた。曰く、これ以上家賃を滞納するなら立ち退《の》いてもらう。

合鍵で入った室内は空気が籠もり、床はゴミで埋まっていた。小さな冷蔵庫の中では香が「仕事」に行く前に買った野菜が萎《しな》び、一部は溶けかかっていた。流しには言いつけ通り準備しておいた作り置きの器が汚れたまま放り込まれていた。すみに敷かれたままの布団は人が抜け出した形で、そこからドアまでの間で転んだのか物が潰れ、なぎ倒された痕《あと》があった。

叔父が片時も傍から手放さなかった小さなバッグが「ない」ことだけは知れたものの、そこからどうすればいいのかがわからなくなった。茫然《ぼうぜん》と座り込んで過ごした二日目に、顔見知りの男が「迎えに」来たのだ。先日までの「仕事」の雇い主でもあった彼に連れ出された後はアパートに戻る機会がなくて、だからあの部屋がどうなったのかも知らない。

叔父が、どこに行ったのか。見つかったのかどうか、さえも。

「……っと、いいかな。起きられ――」

肩を叩かれる感覚に、ふと意識が浮かぶ。どうにか開いた目に映った見知らぬ男性が、眉を顰めたのに気付いてぎくりとする。――また何か失敗したのだと、思った。

「ご、めんなさ……す、ぐやりま、」

ちゃんと目を開いたはずなのに、目の前がよく見えない。それでも自分が横になっていて、すぐ傍にいる誰かが頭のそこかしこに触っているのだけはわかった。

「……ぶんは？　どこか痛み、……」

「へ、きです、……いそ、いで」

急いで起きて動かないと、仕事をしないと叱られる。抓《つね》られるか、下手をしたら蹴《け》られ叩かれる。そうでなければ――身体をいいように使われる。気持ちは焦るのに、すぐにでも飛び上がりたいのに、どうしてか鉛が詰まったみたいに動かない。必死になって、それでも動けない香に焦れたのか、肩を叩いていた手にぐっと押さえ込まれた。

逃げられないと思い知って、全身が竦む。観念しぎゅっと目を閉じて、けれどどうしてか来るはずのものは来なかった。代わりのように顎先《あごさき》まで、柔らかくて温かい感触で覆われる。ほっとして、けれど何が起きたかわからないのが怖くて必死でもう一度瞼《まぶた》を押し上げ――。

「いいから今は寝ろ。心配しなくていい」

耳を打った低い声は平坦で、けれど不思議と「怖さ」が消えた。そのまま、意識はすうっと先ほどまでいた記憶の続きへと落ちていく。

叔父のアパートから香を連れ出した男——二日前までの雇い主は、「今日からおまえの保護者はオレだ」と言った。

その翌日から、香は次の「仕事」に入った。具体的に言えば、「見知らぬ誰かの身の回りの世話をする」生活に戻った。

……叔父と暮らし始めてすぐに言いつけられたのが家事で、最初は掃除だった。うまくできなければ容赦なく叱られぶたれることも多かったから必死で頑張った。それなりに上手にできるようになった頃には洗濯とその取り込み片付けを、その次には料理をと覚えることは多すぎてキリがないくらいだった。

引き取ってやったんだから、少しくらい役に立て。

それが叔父の口癖で、だからそれが当たり前だと思っていた。小学校の高学年になった頃、叔父から「仕事に行け」と言われても「そういうもの」としか思わず素直に従った。

最初の頃は、それでもまだよかったのだ。雇い主の都合で学校を休むのも時々だったし、気分転換に揶揄《やゆ》され八つ当たりに罵倒されることはあっても「家事をする」ことで「まあ、役に立つ」と言ってもらえた。

けれど、いつかその「家事ができる」は「当たり前」になった。

そして――人は、「当たり前」には感謝してくれない。

感情的になった雇い主が荒らした部屋の、片付けが遅いと始めて五分で文句を言われる。真夜中に「これが今すぐ食べたい買って来い」と、とうに閉まっている店の品物を指定されて外に追い出される。知らない料理を今すぐ作れと言われて「わからない」と返すと「怠慢だ」「役立たず」と罵られる。いつか、香にとってそれこそが「日常」になった。

それだって、仕方がないことだ。叔父もだけれど、新しい保護者も好きで香を引き取ったわけじゃない。仕方なく面倒を見てもらっているのだから、役に立たなければ価値がない。だから、言われることは何でもやった。できなければ考えて工夫した。にやついた顔で身体を探られることも、服を剝《は》がれ撫で回されることも仕方がないと受け入れた。だって、そうしなければ「役立たず」になる。それ自体は仕方がないと諦めがついても、「行く先」がなくなるのは困る。

他に取り柄がないのなら。最初から「香」の存在そのものが望まれていないなら。どうにかして「望まれる」ようにならないと、どこにも居場所がなくなってしまう――。

家事の腕が上がるたび、「仕事」が一段落して戻るたび、新しい「保護者」は喜んだ。そうして、香に「新しい仕事先」を見つけてきた。

所長に出会ったのは、そうして「仕事先」を転々とするのが「当たり前」になった頃だ。

(きみ、中学生だよね。何で、ここでそんなことしてんの)

不思議というより不可解そうに、そんな声をかけられた。

その日を境に、香の日常はまた大きく変貌した。

8

穴を掘って、頭のてっぺんまで埋まりたい。

という心境になったのは、正直生まれて初めてだ。

「我慢忍耐根性は絶対禁止、何かあれば即連絡。……って、僕は確かに言ったよねえ？」

しんねりとした声音で、アクセントをつけて言う所長は真顔だ。眼鏡の下、もともとそういう形なんだろうとばかり思っていた笑い皺を消して、いつになく剣呑《けんのん》に香を見据えている。

「仰ってるはずですねえ。だって所長、カオくんには会うたびそれ言ってますもん。それに先月有田さんとカオくんが帰ったあとの所長、すっごく尖《とが》ってましたしー」

「え、何それどういう基準？」

「そういう基準です。自覚はされてますよね？」

「一応あるつもりだけど、もう少し言語化してくれないと検証できなくない？」

幸いと言っていいのか、同行していた園子とのやりとりのさなかに所長の視線は香から外れた。気付かれないようこっそり息を吐きながらちらりと目をやった先、広い部屋のドアの前に所在なさげに立つ長身——有田と目が合う。

いったい何がどうなったのかと、彼にこそ訊きたい気分になった。

ほんの数分前、顔をつつかれる感触で目覚めたばかりなのだ。瞼を押し上げたとたんに目に入ったのが明らかに「怒ってます」顔の所長と「文句があります」顔の園子で、なのに視界に入った室内には全然見覚えがない。

今はいつで、ここはどこなのか。どうしていつもの寝袋ではなく、全然知らない部屋の、独り寝には明らかに大きすぎるベッドの上に寝ていたのか。

所長の自宅は事務所が入ったビルの上階で、香がオフの時に借りる部屋はその一室だ。いつも同じ部屋だから内装は覚えているが、明らかにそことも違う。園子は男子禁制の女性専用アパート住まいだから、彼女の部屋は最初から除外だ。

そうなると、自ずと答えは絞られる。つまり、有田宅のどこかの部屋——それも、香が立ち入りを禁じられている場所だ。

だとしても、所長はもちろん園子までもがここにいるのが不可解だけれども。

「——……ぁ、」

唐突に思い出す。日曜日を翌日に控えた夜、湯上がりに立ちくらみを起こしたのだ。そういえば、身体の左側に打撲っぽい痛みがある——合点したそのタイミングで、声がした。

「思い出した、みたいだねえ？」

「う、……はい、すみません。有田さまにも所長にも、園子さんにも迷惑……」

「僕、さっきそんなこと言ったっけ」

絞り出した謝罪を、途中ですっぱり遮られた。反応に詰まった香の頬を、おもむろに伸ばした指先で摘《つ》まんで言う。

「我慢忍耐根性は絶対禁止、何かあれば即連絡。はい、復唱して」

「え、いや別にがまんとか、それほどのこと、は」

「へえ、文句があるんだ？」

さらに低くなった声とともに、容赦なく頬を引っ張られた。先ほどの軽く五倍は痛い。

「えと、がまんにんたいこんじょうはぜったいきんし、なにかあればそくれんらく……」

「よろしい。追加で今日のうちにその文句、大学のノートの裏でいいから十回清書ね」

「じゅっかい、ですか」

「物足りない？　じゃあ五十回」

「……いえ十分、です」

慌てて言ったら、いかにも「仕方がない」と言いたげな顔で頷かれた。その後でおもむろに、ドア口にいる有田を振り返る。

「じゃあ僕らは帰るから。状況説明と話し合いと、あと詳細な結果報告もよろしく」

「え、本気ですか所長。そこまで有田さん任せって」

「依頼人の意向は尊重すべきだし、この場合カオくんの自己管理に問題がなかったとは言い切れないでしょ。最終判断は当事者同士でってことで、ほら立って、帰るよ」

「えええええ……」

とっとと背を向けた所長を追うように、ベッド横に貼りついていた園子が腰を上げる。わけがわからず縋るように見上げたら、優しい手に額を撫でられた。

「無事でよかったけど、次に会った時はお仕置きだからねっ」

「え、」

ちょっと待ってほしい、まさかそれを最後の台詞にするのか？

ぎょっとして身を起こしかけたタイミングを狙ったように、数歩離れていた所長が振り返る。「だるまさんが転んだ」状態で凝固した香を眺めて言った。

「今日は休養日にするから、夜まではここでおとなしく休むこと。要監視ってことなんで自分の部屋に戻るのは禁止。これは有田も承知の上だから諦めて無駄な抵抗はしないこと」

「え、でも食事のしたくとか、は」

「明日の朝食まで二人分用意してあるから大丈夫。温めも含めて準備は有田に任せて、カオくんが手を出すのは明日からだね。その後は体調次第だけど、判定は有田経由で僕がする。

——言うこと聞けないんだったら今すぐ三日ばかり強制休養追加するけど、その方が好み？」

「……いえっ、今日だけでじゅうぶ、」

「素直でよろしい」

ほとんど反射で出た返事が、どうやら満足のいくものだったらしい。と気がついたのは、ドアが閉まりひとり部屋に残された後だ。

「えー……ええ、えと、どういう……？」

肩を浮かせた半端な恰好で首を捻《ひね》ってみても、答えは出ない。ついでにこの体勢は思う以上にきつい。なので今度は手をついて、香はベッドの上に座り直す。

改めて見直したここは「寝室」だ。ベッド横のテーブルには読みかけらしい本が置いてあるし、窓辺の一人がけソファには使い込んだ風情の膝《ひざ》掛けがかかっている。何より、造り付けのクローゼット横の壁掛けには、思い切り見覚えのある黒いコートが下がっている。

……来客用の部屋があれば前任から申し送りがあるはずだし、香に掃除を任せない理由がない。つまり要するに、そうなるとここは――。

「有田さまの、部屋……え、ちょ、待っ、おれそこ立ち入り禁止っ」

泡を食ってベッドを降りようにも、予想外に手足がもたついた。這《は》うように端に寄り、脚を下ろして腰を上げ――ようとしたら、冗談みたいに力が入らなかった。曲げた右肘を背後のベッドに残したまま、それなりの勢いで床に尻をつく。その時、ノックの音がした。

ぎょっとして顔を上げるのと、開いたドアから有田が入ってきたのがほぼ同時だ。今度こそ慌てて立ち上がろうとして、かえってずるりと尻が滑る。思うに任せない手足をばたつかせた、その目の前に大きな手が差し出された。

「え、と……?」

有田だった。長身を窮屈そうに折り曲げた恰好で、まっすぐに香を見ている。短く息を吐いたかと思うと、瞠目したままの香の、床についていた方の腕をそっと摑んできた。

奇妙なほど丁寧なやり方で引き起こされ、ベッドの上に戻される。両手をへたんとシーツについたまま見上げていると、低い声で吐息のように言った。

「今日はここで休養しろと、たった今、岸から言われたはずだが」

「……え、でもここ有田さまの——おれは立ち入り禁止のはずで」

「ここに運び入れたのは私だ。気にしなくていい。何か必要なものがあれば取ってくるが?ああ、そうなるとまず先におまえの部屋への入室許可を貰う必要があるが」

「いえ、それは別に……あの、それよりどうして所長と、園子さんまでここに」

意外さにぽかんとしたまま、まず思いついたことを訊いてみた。

気のせいか、有田の表情の薄い顔が少し困ったように見えた。慌てた香が前言撤回するより先に、言葉を探すように訥々《とつとつ》と言う。

「自室にいるはずの時刻になってもメールや電話に応答しないから、何か起きたと判断したそうだ。夜半に岸から私宛に連絡が入った」

「えっ」

「通話を切った後、三十分足らずでここまで来たが、その時点で彼女も同行していた。おまえと連絡がつかないと先に気付いたのは、彼女の方だったらしい」

目顔で示された先、ベッドヘッドに近い位置にあるのは香のプライベートスマートフォンだ。左上すみが時折光っているのは、確か通知の知らせだったと思う。

「おまえの部屋に入ってソレを取ってきたのも、彼女だ。住み込みとはいえプライバシーがある、本人の許可なく私が勝手に踏み込むべきではないときつく言われた」

「う、……えと、それは——あの、本当にすみませ」

「当然で、無理もないことだと思うが？　何しろ昨日の今日だしな」

さらりと言われて、香は改めて有田を見る。首を傾げ、気になっていたことを口にした。

「あの、じゃあ今日って——今の時間、は」

「あの翌日、日曜日の昼だ。脱衣所で倒れているおまえを見つけて十五時間ほどか」

最後に聞いた足音や声は、当然ながら有田のものだったわけだ。物音を聞いて様子を見に来たら、寝間着姿の香が床に倒れていたらしい。

声をかけると反応があったため、いったんリビングのソファに移動させた。その後意識を失ったように見えたので有田の知人の医師に電話で相談したら、わざわざ様子を見に来てくれたらしい。その一連とほぼ同時進行で、所長からの連絡が来ていたのだそうだ。

診察中にいったん目を覚ましそれなりの応答をしたこと、頭部打撲の形跡がなく頭痛や嘔《おう》吐《と》の症状・訴えがないことから、医師の判断で救急車は見送った。とはいえ念のため様子観察が必要だと言われ、その時点で同席していた所長が飄然《ひょうぜん》と口を挟んだという。

（じゃあソファじゃなく、ちゃんとしたベッドで休ませた方がいいですよね。様子見は有田の役目になるだろうし、だったら有田の部屋で）

言い出す所長も所長だが、どうしてそれが通ったのか。おかげで現状がとても怖いことになっているのだが。

「医者によるとストレスに加えて栄養失調気味だそうだ。貧血で立ちくらみを起こした可能性が高いと言っていた。岸が言うように、今日のところはここで休むといい」

「すみません、余計な面倒を――っていうか、あのもう目が覚めたし、だったら自分の部屋に戻ってもいいんじゃあ」

「それだと様子見できないから駄目、というのが岸の言い分だが？　悪いが、私としてもここで休んでもらった方が助かるのでね」

「あう……」

自宅内とはいえ「香が使っている部屋」だ。様子見という大義名分があるにせよ、今までの経緯を思えばこの人にとって気軽に出入りできる場所ではないのだろう。

ぐるぐるしている間に離れていった有田が、いったんドア横に行って戻ってくる。手にしていたものをサイドテーブルに置くと、手早く香の前に移動させた。――目の前にあるのは湯気のたつおじやと香の物が載ったトレイだ。

「ひとまず食べなさい。ああ、その前に喉は渇いていないか？」

「え、あの、ちょ、これ」

「岸が手配してくれたものだ。私が作ったわけじゃないから心配ない」

つまり、有田に温めと配膳をさせてしまったわけだ。

罪悪感を覚えて俯きかけた前に、水のコップが差し出される。躊躇った末に受け取り口をつけて、そこで初めてひどく喉が渇いていたのを知った。

「もともと食が細い上に、仕事がオフになるとさらに食欲が落ちるそうだな。うちに来たことでストレスが増えて、さらに食べられなくなったんだろうと岸が言っていた」

申し訳なかった、と続く言葉に、かえって恐縮した。

「いえ。あの、さっき所長が言ったように、それって完全におれの自己管理の問題で。以前から何度も注意されてたことだし、つい昨日園子さんにも言われたばかりで……ってあれ？　えと、すみません。おれ、何でここにいる、んですか？　ここで休養って、どうして」

契約は解消と話はついていたはずだ。所長も経緯は知っているはずで、なのにどうして香だけ置いて行かれたのか。

「契約の話なら岸と協議した結果、継続の方向で検討ということに決まった」

「は、い……？　えと、あの、それって」

「もちろんおまえにも選択の自由がある。どうしても厭ならすぐにでも、車で岸の事務所まで送り届けよう。――だが、叶うならもう一度、機会を貰いたい」

とても真面目な顔で言われて、思考が固まった。ややあって、ようやくのように言う。

「もしかして、所長から何か言われましたか？　その、だったらおれからちゃんと説明を」

「あの男に口で勝てる自信があるとでも？」

「う、そこはでも、頑張ります。さいあく、事務所を辞めることになっても」

「それでいいのか。好きでやってる仕事なんじゃないのか？」

ストレートな問いに、思わず香は首を傾げる。

「他にできることがないだけです。でも、大事な仕事ではあるので――おれはまだ、有田さまのペットなので。有田さまが心地よく、穏やかでいてくださることの方が大事です」

所長に拾ってもらえたのも、今の事務所にいられるのも僥倖《ぎょうこう》であり分不相応だ。ずっとこのままでいられるとは思えない。そんな気持ちも交えて見返すと、有田の切れ長の、つい昨日まで常に睨むようだった目が困ったような色を帯びた。

「……話よりも食べる方が先だな。このままでは冷めてしまう」

促されて戸惑いながら、それでも匙《さじ》を手に取った。まだ熱い料理を口に運んでもあまり味を感じず、自覚以上に疲弊していたのかもしれないと思う。

食事中にもずっと有田が傍にいたけれど、今は不思議と気にならなかった。とはいえ「ご主人さま」を待たせて落ち着けるわけもなく、いきなり量を食べられるわけもない。結局、半分近くを食べたところで匙を置くことになった。

「ご馳走《ちそう》さまでした」とぽそりと口にしたら、有田は水のコップだけを残して下げに行ってくれた。それを、珍獣でも眺めるような気分で見送ってしまう。待つほどの時間もなく戻ってきたかと思うと、元の椅子に腰を落ち着けて香を見た。

「今になってと言われても仕方がないが、先に言っておきたい。おまえの仕事ぶりには何の不満もない。むしろ、あれだけ突《つ》っ慳貪《けんどん》だったのによくやってくれたと思っている」

「えと、……はい。クレームが、ないのは知ってます」

「非があるのは明らかにこちらだ。今さらだが、申し訳ないことをした。勝手に思い込んだ上に、頑《かたく》なになりすぎた。昨日彼女が言った通りだ」

直接不快なことをされた覚えはひとつもない。けれど二年前の印象があまりに強く、要望書の内容――というより意図が理解不能すぎた。

だから「男娼」と表現した。そう思ってしまったら、何もかも「その通り」としか解釈できなくなったのだそうだ。日に一度のハグの窺いも食事のリクエストや感想を聞かれることすらも、「そうした行為」のための足がかりだとしか考えられなくなった。

「先月の事務所で岸と抱き合っていただろう。ずいぶん慣れているようだったし、それなら岸ともそういう関係なんじゃないかと」

「まさか、ないですっ」

速効で口にした後で、有田の言葉を遮ったことに気がついた。瞬間的に怯んだ香に、有田は先を促すような視線を向けてくる。

「えと、おれにとってそういう対象になるのは、望んでくださったご主人さまだけです。それ以外の人とはその、考えたこともない、ので。……ハグについてはその、変な話で申し訳ないんですけど、そうしてもらうと安心するっていう癖が、あって」

「……なるほど、だからペット、なんだな」

思案めいた声に、そろりと視線を上げる。顎に指を当てた有田が、短く息を吐いた。

「おまえのことは兎《うさぎ》だと思えと、岸から言われたが。その解釈で問題ないと？」

「――？　あの、うさぎって、何ですか？」

「寂しがりで、構ってやらないと元気を失《な》くして食べなくなる。本来の兎なら訴えるはずの不平不満はとことんまで平気なフリで我慢して、結果今回のようにいきなり倒れたりする。岸だけでなく中浦さんもそのままだと言っていたが」

「…………」

コメントに困って、けれど同時に納得する。なるほど、だからふたりとも事あるごとに香を撫でたり構ったり、ハグをしてくれるわけだ。

「うさぎ、って特定したわけじゃないです、けど。でも、うさぎもペット、ですよね」

「そうなるな」

「えと、じゃあそういう解釈で大丈夫です」

「要望書を見直したが、ペット扱いというのは日に一度のハグと気が向いた時に構うこと、可能であれば添い寝する、でいいんだな?」

そう言う有田の声音も内容も、何だか最終確認のようだ。なので、香は焦り気味にもう一度言ってみる。

「あの、本当に、無理をされなくても」

「契約解消の方がいいか。大人げなかったのも理不尽をしたのもこちらだし、もう遅い絶対厭だと言われても無理はないと思ってはいるんだが」

表情の薄い精悍な顔で、本来は見上げるような長身で——そんなふうにしょんぼり言われて、どう答えればいいのか。

「……絶対厭、とかはない、です。有田さまこそ、本当に継続でいいんですか? 継続になったらおれ、間違いなくこの一か月よりもしつこくなりますよ。その、愛想を振りまいて構ってもらう、癖がついてるので。それにこの機会を逃すと所長が納得しなくなる、かも」

「ペットだと思えば当然だな」

けれど香の危惧《きぐ》は、そんな言葉で片付けられた。確かに聞いた言葉がうまく飲み込めずじっと見返していると、有田はわずかに苦笑する。

「やり直したいという意思表示は、昨夜していたはずだが」

「それは、……はい。覚えてます、けど」

「半信半疑になるのも当然だ。今後の不安もあるだろうから、気になることがあればすぐに私本人か、それが無理なら事務所に言ってほしい。その時点でやはり駄目となれば、潔くこちら有責の契約解消にさせてもらう。——これは岸との協議でも決まったことだ」

「えー……」

どうしてそこまで大きな話になったのか。それも、当事者の香を完全に置き去りにして。

白状すると、困惑しかない。本気でわけがわからない。

とはいえここまで言われて、それでも拒否する理由は、香にはないわけで。

「それでしたら、今日からまたお願いします。その、改めて?」

「ありがとう。だが、仕事は明日からになるからな。今日はおとなしく、ここで休みなさい」

「……っ——えと、はい。こちらこそ、ありがとうございます……」

思わず、返事が尻すぼみになった。

安堵したのか、表情を和らげた有田が再び腰を上げる。すぐに戻ると言い置いて、部屋を出ていく。もしかしたら使った皿や器を片付けに行ったのかもしれない。

「……あのヒト、ちゃんと笑えた、んだ……?」

ベッドの上、香は茫然とそう呟く。

いつも無表情に近い顔で、目つきは睨みつけんばかり。

そうとばかり思っていた人の、ほっと和らいだ目元は予想以上に破壊力が強かった。

9

一寸先は闇《やみ》と言うが、実際世の中は何が起きるかわからない。

ということを、今までとは別の意味で思い知ることになるとは考えもしなかった。

「明日のお休みですけど、外出とかされますか?」

夕食の席でふと訊いてみたら、向かいの席にいた有田は迷いもせず「いや」と否定した。

「じゃあ食事は三食作りますね。急な予定が入った時は遠慮なく仰ってください」

「わかった。おまえの予定は?」

「レポートの続きがあるので、前にお借りした本を読もうと思ってます。あ、でもお使いとかの用事をする時間は十分ありますので」

「買い出しは? そろそろ行くなら、明日でも明後日《あさって》でも車を出すが」

当然とばかりに言われて、香は苦笑した。

「とても嬉しいお申し出ですけど、それは本来おれの仕事ですよ。先週日用品の買い出しにご一緒いただいただけでも甘えすぎなくらいです」

「私も使うものだろう。遠慮はいらないが」

「遠慮ではなく、仕事としての分別です。有田さんはちゃんと身体を休めてください」

ぴしりと言った内容とは裏腹に、妙に擽《くすぐ》ったい気分になった。

香が、住み込みの家政婦としてあり得ない失態をやらかしてから、今日で十日になる。

契約継続が決まった日から、日常が変わった。正しくは、有田の言動や反応が激変した。

まずは呼び方を「さま」ではなく、「さん」にするよう要請された。香自身の呼び名は有田曰く「聞き慣れて定着した」とかで、所長たちと同じ「カオ」になった。その時点で、「ちゃんと名前を呼ばれる」ことの意味を実感した。

有田と接する機会が増えるにつれて、会話も多くなってきた。今のように気遣ってもらったり、食事以外の仕事の感想を聞いたり短く褒めてもらえることも珍しくなくなった。

食事も今は「一緒」が当たり前だ。有田曰く「栄養失調気味で放置すると食べない子に個食は向かない」とのことで、揃って在宅している時は必ず食卓をともにするようになった。

結果、有田の細かい好みが見えてきたため、メニューには少し変化をつけてみた。

今の有田は帰宅後に風呂を使った後、リビングダイニングで過ごしている。香が食卓を整える傍で本を読んだりタブレットPCを扱っていたり、時にはテレビを眺めている。

急な変わりように、正直当初は戸惑った。たまに妙な間合いになって顔を見合わせ双方無言になることもあった。けれどそれはじき苦笑いに変わって、やがて会話の糸口となり――最近は近くにいるのも会話するのもごく普通のことになっている。

毎朝ここを出る時も、大抵が一緒だ。初日に無視された弁当も今は普通に受け取ってくれ、ついでだから香の分も作るようにとまで言ってもらった。

先日、とても気まずそうに告白されたことだが、初回から香の料理は有田の口に合っていたらしい。弁当を拒否した後も実はこっそり後悔していたのだそうだ。

(我ながら、意味のない意地を張っていたわけだ)

自嘲《じちょう》交じりの謝罪を聞いた翌日に、香は食器棚から弁当箱を引っ張り出した。中身を詰め込み玄関先で「どうぞ」と差し出したら、いつも表情の薄い顔をほんの少し緩めて受け取ってくれた。その変化が香にはとても嬉しかった。

「えと、片付け終わったので、おれ先に部屋に戻りますね」

夕食の片付けを終えてキッチンを出ながら言うと、ソファで本を広げていた有田が怪訝そうな顔をした。視線でサイドボードの上を指して言う。

「あれは？　例のレポートじゃないのか」

「はい。来週末には提出なので、進めておかないと」

「……詮索するつもりはないが、デスクと椅子は持ち込んでるのか？」

思案交じりの問いにきょとんとして、香は首を横に振る。

「大丈夫です。折り畳みを持ってきてるので」

「今戻っても部屋は冷えているだろう。フローリングに床座りもきつい。そこのテーブルを使うといい」

「でもおれ、勉強中はかなり散らかすので」

「だったらなおさらそこを使いなさい。無理にとは言わないが、遠慮は無用だぞ」

「……じゃあ、お言葉に甘えさせていただきます。ありがとうございます。ですけど、邪魔だと思ったらすぐにそう言ってくださいね？」

そこまで言ってもらえるならと、サイドボードの上に置いていたレポートや本を手にダイニングテーブルについた。

有田が帰宅するまで、ここでレポートの準備をしていたのだ。正直、指摘はまさにその通りで、つくづくありがたいと思う。

おまけにレポートのメイン資料になる本は、実を言えば有田の蔵書だ。先日、雑談でレポートの話が出た時に有田の方が「それなら資料がある」と言い出した。案内された先は香がノータッチだった一室で、そこが書庫だったことを初めて知った。

（気になるものがあれば好きに読むといい。自宅内ならおまえの部屋を含め好きに持ち出して構わない。ただし、使い終えたら必ず元の場所に戻すこと。念のため言っておくが、意図的な汚損や外への持ち出し他人への貸与は厳禁だ）

閲覧を許してくれただけでなく、「このあたりなら参考になるんじゃないか？」の言葉とともに数冊を抜き出して渡してくれたのだ。おかげで今回はレポートの進みがとても早い。

資料本を睨んで書き出しをし練り直して、いつのまにか夢中になっていたらしい。ふと集中が切れたのを機に顔を上げると、壁の時計はそろそろ日付が変わる頃を指していた。

気配に気づいたのか、有田が目を上げる。香の視線を追うように時計を見上げたかと思うと、「こんな時間か」と言って本を閉じた。

「まだやるのか？」

「いえ、もう寝ます。続きはまた明日で」

手早くテーブルの上を片付けながら言うと、有田が笑う気配がした。思わず目を向けた先、視線がぶつかるなり言う。

「面白い言い方をするんだな」

「え、そうですか？　でもその方が楽しいっていうか、ほっとしません？」

「楽しくて、ほっとするのか。どういうわけで？」

追及されて、一瞬だけ考える。出てきた言葉を、そのまま口にした。

「今日と同じ明日が約束されるって、おれは安心します。あれ、他の人は違うのかな？」

「なるほど、光栄だ」

「……えと？」

「それほどいい時間だと感じてくれている。――という意味だと解釈したが、違ったか？」

「ぁ、……そうかも。じゃなくてそれしかない、かも」

席を立って、積み上げた本とレポートを抱える。当然のように先に立った有田がドアを開けてくれたのを知って、「やらかした」ことに気がついた。

その場で固まった香が面白かったのか、喉の奥で笑った有田に手招かれる。まごついているところで「カオ」と呼ばれて改めて反省し――諦め交じりに首を縮めた。

「あ、りがとうございます。その、すみません……以後精進します……」

「どういたしまして」

笑い交じりの有田の声を聞きながら、香はここ十日で何度か思ったことをまた思う。ちょっと結構、いやかなり。有田は「ご主人さま」としては甘すぎないか。もとい、香を甘やかしすぎではあるまいか。

そもそもご主人さまにドアを開けさせるような状況を作った香が間抜けなのは、わかりきったことではあるのだが。

マンションにしては広い廊下を、前後というよりほぼ並んで歩く。その間に会話がないのもそう珍しくはなく、けれど気まずいわけでもない。

明日以降は気を引き締めてと決意を新たにしたタイミングで、有田の寝室の前に着く。気持ち緊張して見上げると、向かい合う位置に立つ有田の困り顔がよく見えた。

「えと、無理そうだったら今日はなし、でも」

「無理ではない。すまない、こういうのは慣れなくてな」

昨日一昨日と同じように少々緊張気味に言いながら、有田がそろりと両腕を前に出す。やっぱり無理しているんじゃないのか——そう香が口に出すより先に抱えていた本ごと、少しぎこちない腕に抱き込まれた。

所長のように遠慮なくでなく、園子のような猫かわいがり系でもない。喩《たと》えるなら初めて見たものに恐る恐る触れるような——今にも壊れそうなものを、そっと囲い込むような。

なので香も所長や園子相手の時みたいに自分から手は伸ばさない。代わりに有田の室内用の上着に、ほんの少しだけ頬を寄せる。

湯上がりなのに、有田はいつも落ち着いた香りがする。洗濯洗剤とは違うから、もしかしたらシャンプーの類なのかもしれない。

（ハグの件だが、できれば時間かタイミングを決めさせてもらえないか）

有田がそう切り出したのは、和解から三日目のことだ。思い詰めたような言い方にきょとんとしていたら、とても困った様子で「どうしてもタイミングが摑めない」と言われた。

（犬猫を構う感じでいいですよ。通りすがりにちょっとでも十分ですし）

(残念ながらペットを飼ったことがない。……決めてもらった方がこちらは助かるんだが)

(えと、じゃあもう少し慣れてから、でも)

(そうはいかない。要望書の必須事項なのに、一か月間まったくやっていない)

とても律儀に言い張られた結果、就寝前に決めたのだ。都合でどちらかが先に部屋に引き上げる時も、それをきっかけにすればいい。

というわけで、これがほぼ儀式のようになったわけだが、予想外だったのは有田が意外に「慣れない」ことだ。

毎回、必ず「その前」に固まったようになる。それだけでなく、一週間が過ぎる今もどうにも動きがぎこちない。

……定期的にお泊まりするような恋人がいるなら、もっと慣れていそうなものなのに。

客観的に、有田はまず相手に困りそうにないタイプだ。そして最初の一か月ほどではないものの、この十日でも三度の外食と二度の外泊をした。それだって必ず予告してくれるから、おそらく「次の約束」はコンスタントに入っている。

そんな人が、恋愛対象外の「ペット」へのハグひとつでこんなふうに困るとか。

笑いを堪《こら》えている間に、そっと身体を離された。わざとのように余所見《よそみ》気味で「おやすみ」と言われて、素直に「おやすみなさい」と返事をする。やっぱり少々ぎこちない動きで有田がドアの中に消えるのを見届けてから、その先を歩いて数秒の自室へと向かった。

「……へへ、――」

中に入って明かりを灯《とも》し、閉めたドアに背をつける。とたんに喉からこぼれるのは、堪えようのない笑みだ。鏡を見るまでもなくわかる、今の自分は間違いなく、とんでもなく緩んだ顔になっている。

本人に言うつもりはまったくないけれど、香は有田のハグがとても好きだ。所長や園子のそれとは全然違うのにどこか似て、何だか胸の奥がぽかぽかしてくる気がする。

重い本とレポートをひとまずドア横に床置きし、開けたままだった窓のカーテンを閉めに行く。その途中にも、つい首を傾げていた。

「でも、何が違うんだろ……?」

所長たちと違うことに関しては、何となく理由がわかる気がする。けれど、過去のご主人さまの誰とも似ていないと感じるのはどうしてだろうか。

（ペットにしたってカオくんは簡単に懐きすぎ。もっと警戒心持ってほしいんだけどね）

そんなふうに、所長は香に呆れているのか感心しているのかわからない物言いをする。そのたび香は笑ってみせているけれど、実を言えば「誰にでも」懐いているわけじゃない。ごく自然に「懐けた」ご主人さまもいれば、どうしても、どんなに頑張っても「好きになれない」ご主人さまもいる。もっと白状してしまうと所長に会うまでは、大半が後者だった。

けれど「ペット」でいるためには、そうしたご主人さまにも「懐いた」と思ってもらわねばならないのだ。でないと仕事にならないし、下手をすると以前みたいに――……

「……っぇ、」

カーテンを閉めながら、思考が明後日に飛んでいた。あ、と思った時には何かに足を取られて、香は思い切りバランスを崩す。壁に激突したあげく、そのまま座り込むことになった。

「うあ、……っ」

予想外に響いた物音に首を縮めた時、いきなりドアをノックされた。反射的に目をやったタイミングで、開いたドアから有田の顔が覗く。

「カオっ？　おい、どうし――」

「えと、すみませんちょっと足元滑りました……」

壁際に座り込んだまま頭を下げた香に、有田は「怪我は？」と訊いてくる。

「ない、です。ごめんなさい、こんな時刻に」

「いや、いい。動けるか」

大股にやってきた有田の手を借りて、未だ絡まったままの足元――寝袋から爪先《つまさき》を引っこ抜く。手を引かれるままそこから離れて気がついた。

有田が、いつになく物言いたげに香とその背後を見つめていた。

「あの？　何か」

「いや……寝具は？　持参すると聞いていたが」

「ソレです。何年か前に奮発していいのを買ったんです。あったかくて寝心地がいいから気に入ってて……有田、さん？」

食い入るように寝袋を見ていた有田が、息を吐いて額を押さえてしまった。

「布団、ではなく？」

「はい。仕事中も休みの時もアレです。愛用してます」

「フローリングに直接はきついように思うが？」

「それが、見た目より分厚いんですよ。もう慣れましたし、どうってことないです」

胸を張って主張したのに、さらに長いため息を吐かれてしまった。

「……明日にでもベッドを用意しよう」

「え、いいです。おれベッド苦手っていうか、布団もですけどひとりだと寝られないんで」

「何？」

久しぶりに、とても訝《いぶか》しげな顔で見られた。無理もないかと、香は言葉を続ける。

「初めて所長にベッドを使わせてもらった時に、どうしても落ち着かなくて。シングルでも広すぎて、寒くてしょっちゅう目が覚めるし。寝付きも寝起きも悪くなるんです」

「……布団も、と言ったな」

「はい。それでいろいろ試して、最終的に残ったのがコレなんです」

所長も首を傾げていたけれど、香自身も「おかしい」と感じてはいるのだ。けれど幸いにして対策は取れているし、現状で困ってもいない。

「ベッドはもちろんですけど、布団も買わないでくださいね」

「しかし」

「どうしてもと仰るなら、おれが自分で買います。これは絶対、譲りません。だって有田さん、家に人を呼ぶこと自体好きじゃないって言ってたじゃないですか」

友人はもちろん恋人すら一度も招いたことがないと、先日の雑談の端っこで聞いたばかりなのだ。あえて強く言い切ったまま見据えていると、有田は困惑したように視線を逸《そ》らした。

ややあって無言で息をつく様子に、諦めてくれたと察して香は本気で安堵する。

「そういえば、以前に添い寝がどうとか聞いた覚えがあるが。まさかそれも寝袋で？」

「えと、誰かと一緒ならベッドも布団も平気なんです。おかしいのはわかってるんですけど、自分でも理由はよくわからないというか」

そう、と呟いた有田が何やら考え込む様子に、「これは地雷だったかも」と遅まきながらに気がついた。

「でも、添い寝はオプションとは無関係ですし。そもそも添い寝自体必須じゃなくて、あくまでご主人さまの気が向いたらのことで」

「つまり文字通りの添い寝か。一緒に寝るだけの？」

「そうです。ご希望があれば抱き枕もやります、けど」

するっと返事をしたら、余計なことまで口から出た。まずったかもと思う香の前でまたしても有田は思案に沈み、ややあってじっと見下ろしてきた。

「答えたくなければ、無理にとは言わないが。――目的というか、おまえの思惑は？」

「おれの、もくてき……おもわく、ですか。そうですね、始まりは当時のご主人さまからのご希望だったんです、けど――さむいから、かも？」

「冬場限定なのか？」

「いいえ、夏でもさむいです。でも、誰かと一緒だとあったかいっていうか……人の体温て安心しません、か？」

首を捻りながら言ったら、また少し間が空いた。ややあって、有田が短く言う。

「少し、見せてもらっても？」

「あ、はい。でも、ふつーの寝袋、ですよ……？」

しゃがみ込んだ有田が寝袋を検分するのを、奇妙な気分で見つめていた。ややあって、息を吐いた彼が腰を上げて言う。

「言い分はわかったが、この時季にフローリングの床でこれは許容できないな」

「え、でも平気です、よ？　すっぽり入ってミノムシになっちゃえば十分暖かいです」

予想外の状況に困りながら、それでも香は思い切って言った。

「えと、今日のところはひとまず休みません、か？　明日休みとはいえもう遅いです、し」

「そうしよう。——来なさい」

「えっ」

言葉とともに、肘を摑まれた。優しいけれど断固とした力で引かれて、香は有田についていく。


自室を出る。気がついた時には有田の部屋のドアの前にいて、中へと押し込まれた。

「え、ちょ、あの」

当然のようにベッドに座らされて、混乱した。けれど有田は淡々と上着を脱いだ上、香に
「奥に詰めてもらっても？」と声をかけてくる。

「ああ、おまえも上は脱いだ方がいいな」

「いや、でもあの何で」

言い合う間にカーディガンを剝がされた。気がついた時には明かりが消えた部屋のベッドの中で、有田の体温を近く感じている。被せられた布団はふくふくで、その感触に驚《おどろ》いた。

「えと、あのやっぱりおれ、部屋に」

「もう遅いと自分で言ったろう。いいから寝なさい」

「や、でも」

「あの状態を知って、そのまま寝かせられるとでも？」

暗い中でも顔がわかるほど距離が近い。なので、有田が困っているのがすぐにわかった。

「平気、ですよ？　いつものことですし、もう慣れて」

「あいにくだが見ている方が寒い」

「で、でも」

「意外に頑固だな。——独り寝の気分じゃないんでね、つきあってくれ」

はっきり言われて気持ちが落ち着いた。明確に言ってもらえるなら拒む理由はないのだ。

頷いた香に、有田がほっと息を吐く。「少々気になっていたんだが」と切り出した。

「上着だが、手持ちは部屋にかかっていたものだけなのか？」

「そ、です。あ、でもグレーの方はまだ新しいですし、重宝してます」

素直に答えたのに、またしてもため息が聞こえた。あれ、と思い顔を向けると、近すぎる距離からこちらを見る有田と目が合う。

「明日の予定はレポートと読書だったか。他はないんだな？」

「ないです、けど……？」

「だったら例の特殊報酬を買いに行く。一緒に来なさい」

「えっ、でも」

「契約のうちだったろう。当然のことだ」

さらりと言われて、自分でも不思議なくらい困惑した。

かつてのご主人さまに言われた時には、素直に頷いて応じたはずだ。それが高額でもそうでなくても、多くても少なくてもただ受け入れる——ずっとそうしてきたはずなのに。

「歩くことになるだろうから、靴は楽なものを選びなさい」

「はい。……えと、ありがとう、ございます？」

首を傾げたのをどう思われたのか、伸びてきた指に頰をつつかれる。有田からそんなふうに触られたのは初めてで、けれど嫌悪は感じなかった。なので気持ち頰で擦り寄るようにすると、とたんに有田の手が止まる。

「いつも通り」動いてしまったが、まずかったか。気付いて首を縮めた時、もう一度伸びてきた指に今度は頰のラインをそっと撫でられた。瞬いて見つめた先、有田はどこか困惑したような顔をしていて、つい頰が緩んでしまう。

物慣れない子どもを連想してしまったのだ。失礼な言い方かもしれないが、それこそ生まれて初めて飼ったペットの兎に、おそるおそる触れてみたとでも言うような。

へらりと笑った香に有田が苦笑する。その表情を目にして奇妙なくらい安堵した。

10

有田は基本的に、有言実行だ。

翌土曜日は早めの昼食を終えてすぐに、買い物へと連れ出された。乗るのが二度目になる黒い車の助手席で固まって、見慣れない車からの風景を眺めている。

「自分で服を選ぶのは不得手なのか。それとも、慣れていない？」

「……慣れてない、です。その、所長のところに行くまで機会もなかったですし」

「自分の好みはわかるか？」

「えーと、動きやすくて仕事の邪魔にならなくて、汚れが目立たない色で、でも着ると寒くなくてそこそこお手軽な値段だと嬉しいかな――、と」

精一杯真面目に答えたけれど、運転席の有田はとても微妙な顔をした。係員の指示に従って降りた地下駐車場の、壁際の空きスペースに車を入れながら言う。

「機会がなく、頓着《とんちゃく》もこだわりもない。おまけに基本手元には残らない、か。なるほど」

「その、……すみません。えと」

自分に似合うものを探してみて。所長からも何度か言われたし、そのために連れ出してもらったこともある。先日園子と手袋を選ぶ時も、似たようなことを言われた。

けれど、香には「選び方」自体がよくわからないのだ。

「謝る必要はないが。これまでのご主人が買ったものは参考にならなかった？」

「それがその、目の色はともかく髪の色や髪型は毎回違ってたりしたので……あと、大抵のご主人さまは最初から着せたい色とか形が決まってることが多くて。前は似合うって言われた色が、次のご主人だとおかしいからやめろって言われたりも」

「……なるほど」

複雑な表情の有田についてエレベーターに乗り、五階で降りる。煌《きら》びやかな明かりと林立する衣類で、デパートの紳士服売り場だと気がついた。つい、先を行く有田の袖《そで》を引いてしまう。

「どうした」

「えと、お店変えませんか。こういうところって確か、お値段が」

「気にしなくていい。先月未使用だった分もあることだしな」

「えー……」

有言実行の有田はその言葉のままに、いったん言い出すと後に引かない。最初の一か月のアレにはそこも大きく影響していて、この十日の状況を鑑みてもおそらく反論は通らない。承知の上で、けれど香は「だけど」と訴えようとした、のだが。

「それなりのものを買って、手入れをすれば長く使える。今の自分に合うものを自分で選んでみるといい。契約が終わっても持ち帰って使うつもりでな」

「や、でもおれ自分で売りに行きま――」

言いかけたら、久しぶりの眼光で睨まれた。う、と怯んだ頭をわさりと撫でられて、それだけで抵抗する気力が失《う》せる。

「そういえば、この髪はどうする。そのまま伸ばすのか？」

「あ、……いえ、別に。その、次の仕事が入った時に都合がいいかと思っただけ、で」

「好きで伸ばしているわけではない？」

言葉とともに、ひょいと顔を覗き込まれた。

年齢上の平均身長を下回る香と、長身の有田との視点の高さの違いは露骨だ。そのせいか、この人はよくこうして屈《かが》むように視線を合わせてくる。

……気のせいでなく、追及の手を緩める気がない時に。

「カオの本音は？」

「――……長いのは邪魔、だと思います。風呂上がりもなかなか乾かないから寒いし、結んでも時々あっちこっちに引っかかるし。いいと思うのは、寝癖がつかないことくらいで」

「なるほど。だったらまずは髪だな。行きつけの店はある？」

「あ、はい」

勢いに押されて素直に答えたら、「そうか」の一言で肩を押され回れ右させられていた。

エレベーターで一階まで降りると、香にとってもそれなりに馴染みの商店街に出る。

「この先か。カットだけならどのくらいかかる？」

「えと、……三十分くらい？　でも、予約でいっぱいかも」

「その時はその時で考えればいい」

結果として、いつもの美容師はちょうど手が空いていた。狙ったようなタイミングだが、キャンセルが入ったばかりだったらしい。

「本人に、一番似合うように」

案内された席に座った香とその背後に立った美容師を眺めた有田が、その一言を残して店を出ていく。目の前の鏡の中、遠ざかっていく背中をつい振り返ってしまった。

「何ていうか……新しい依頼者？」

「そ、です。すみません、いきなり」

感心したと表現するには微妙な声音に、香は慌てて前を見る。背後の美容師は苦笑した。

「いや、いいけど。直接の指示って初めて聞いた」

「あー……ははは……」

美容師には「仕事の関係で、依頼者の指示に合わせて変えている」としか伝えていない。にもかかわらず、「結構いい男だったね」で流してくれるのには感謝しかない。

「本人に、似合うように……これ、こっちが決めていいの？」

「お任せします。たぶん、そのつもりで仰ったんだと思いますし」

頷いた美容師が、さっそくとばかりに首の後ろで束ねていた髪を解《ほど》く。指で何度か梳《す》いてから、「だいたい決めたけど、先に説明しようか？」と聞かれたので首を横に振った。

カットが終わって前掛けを外された約三十分後、「あ」と美容師が声を上げる。潜めた声で「いい男戻ってきたよ」と言った。慌てて振り返った先、店の出入り口近くに有田を認めて、つい椅子から降りて駆け寄ってしまった。

「す、みません。お待たせしましたっ」

「いや。——ああ、いいな。よく似合ってる」

声とともに横髪を撫でられる。短くなったせいか、今までより近く体温を感じて気恥ずかしくなった。言葉を探すうちに有田が支払いをすませてしまい、香は「あの」と声を上げる。

「今度は服だな」

意味がわからないはずはないのに、有田の返事はその一言だ。またしても肩を押されて、そのまま美容室を出ることになってしまった。

「ああ、やっぱり。有田さんよね?」

数メートルも進まないうち横合いからかかった弾むような声に、反射的に顔を向ける。目に入ったのは、キャメル色のコートの下に鮮やかなワンピースを着たきれいな女性だ。よく歩けるものだと感心するようなヒールの高い靴で、満面の笑みを浮かべて近づいてくる。

「どうした。買い物か?」

「ううん、友達に会った帰りなんだけど」

平然と応じた有田とは裏腹に、その女性はちらりと香を見る。それだけでうっすら意味を悟って、そろりと後じさった。

香の斜め前にいた有田は気付かないようだが、女性の方はしっかり見て取ったらしい。かすかに顎を上げたかと思うと、にこやかに有田と話し込み始めた。

もしかして、有田の恋人だろうか。

美容室を出て数メートルとはいえ、休日の商店街は人通りが多い。流れの中で立ち話をする有田と女性は、けれど存在感ゆえかむしろ周囲の方から避けていく。対して香の方はといえば邪魔だと言わんばかりに睨まれ、あるいは無言で押しのけられ、または存在しないかのごとくまっすぐ突っ込んでくる人に圧されて、いつの間にか通りの端へと押しやられていた。

とはいえ、姿が見えていればはぐれることもないはずだ。息を吐いて、香は背後の建物の壁に寄りかかる。これから改装するらしく、日程の貼り紙がしてあるのが目についた。

「お似合い、……だよね」

人波でも抜きん出る有田の、隣にいる彼女も女性としては背が高い方だ。身長差もすらりとした立ち姿も、文句なしの美男美女と言っていい。

「今日明日、は……彼女の方に用があるから外泊も外出もなし、なのかも」

呟いたものの、それ以上見ているのも考えるのも気乗りせず、香はふいと顔を背けた。そのはずみで、背後にあった窓ガラスに映る自分が目に入る。

カットしたばかりの髪は、前髪こそ普通だけれど襟足は少し刈り上げるくらいに短い。ここまで短くしたのは初めてで、そのせいか妙に見慣れない。

「ひんそう、だよね……」

ガラスに映らない胸のあたりから下は、昨夜風呂で見た限りまだ骨が浮いて見えた。

今の香は通常よりまだ四キロほども軽い。ストレスを感じるとさらに食べられなくなる上、もとから細い食欲までなかなか戻って来ないのはどうにかならないものだろうか。

――棒っきれみたいな。

ふと思い出したのは、園子と有田に助けられたあの場面で知らない男からぶつけられた台詞だ。子どもの頃からよく言われることだし、事実だからさほど気にはしないけれど、

「そういやあれ、何だったんだろ……?」

有田との契約継続が決まった後、事務所に一度だけ顔を出した。その時に所長から、園子が言っていた「妙にしつこい仕事依頼」の話も聞いた。

（もしかして、関係あるかもしれないよね。まあ、ないかもしれないんだけど。カオくん、念のため防犯ブザー持っとく?）

真面目な顔で提案されて、「いやおれ男ですし」と断った。ら、

（でも力尽くで来られたら敵《かな》わないでしょ）

最終的には強引に持たされ携帯を約束させられたため、今も上着のポケットに入っていたりするのだが。ついでに「何かあれば即それ鳴らして逃げる」か「一一〇番する」か「近所の家に駆け込む」ことを推奨された。

（変な人って思考も変なんだよねえ）

妙にしみじみそう言った所長に何とも複雑な気分になった、けれども。実はそれに近いこ

とを、有田からも言われているのだ。

（何か気になることや異変を感じたら必ず言いなさい）

幸いというか当然と言っていいのか、この十日間はごく平穏だ。何事もなく、いつも通り平和に穏やかに時間が過ぎている。

「悪い、待たせたな。――どうした、何かあったか」

ふいに上からかかった声に顔を上げると、いつの間にか有田が目の前にいた。いきなりのことに動揺したせいか足元がふらついて、とたんに肘を摑んで支えられる。

「いえ、こっちこそすみません。ぼうっとしてました……えと、さっきの女の人、は」

「特に用はないが、多少込み入っていてな」

「そ、うなんですか……？」

首を傾げたものの、そこはペットの領分ではないと思考を消した。前後して、やや離れた人波の中、立ち止まってこちらを見ている女性に気付く。

一瞬、目が合った気がした。けれど彼女はふいと背を向け、流れの中を歩き出していく。

「あの、……よかったんでしょうか。今から追い掛けるとか、しなくて大丈夫ですか？　その、おれだったらひとりでも帰れます、し」

気になってついそう言った香に、けれど有田は苦笑した。

「今日はおまえと買い物に出てるんだが？」

「う、……そう、です、けど」

「ひとまずコートだな。車や店内ならまだしも、その恰好は寒そうだ」

「いや、別に寒くはないです」

言い合いながら、有田に促されて歩く。すでに目星をつけていたのか、迷うことなく一軒のブティックに入った。まっすぐに向かった先にあったのはコート類だ。

「軽く羽織れるものがいいと思うが、色はどれがいい？　やっぱり青か」

「あお、ですか？」

ピンポイントで引き出された青い上着は、コートというよりジャンパーだ。胸元に当てられて見下ろすと、生地が印象よりもしっかりしているのがわかる。青といっても濃紺の中にロイヤルブルーが紛れ込む形になっていて、よく知らないながらに「いい感じ」だと思う。

「青、好きなんじゃないのか？　持ち物はそれ系が多いだろ」

「あ、……言われたらそうかも、です」

「今知ったような言い方だな」

「今、知りました。ていうか、何色が好きとかあまり考えたことがなくて」

するっと言ってしまった後で、自分でもその答えはどうなんだと思った。つい様子を窺うと、有田は苦笑交じりに「羽織ってみようか」と香の襟に手をかける。

脱がせてもらうなどあり得ないと、慌てて自分で上着を脱いだ。けれどその後は見事に躱《かわ》されて、結局は着せかけてもらうという恐ろしい事態になってしまう。袖を直されながらかちんかちんになっていると、今気付いたように訊かれた。

「町中をいろいろ歩いてみたりはしないのか。学生なら定番だと思うが？」

「機会がないと言いますか……えと、仕事がある時は講義が終わったらすぐ帰ってましたし、仕事がなくてもその、友達がいないので」

暴露済みとはいえ、自己申告するには微妙な内容だ。つい肩を丸めた直後、横に回った有田の手で顎を上げさせられる。真正面にあった鏡に映るのは、上着を羽織った自分自身だ。

「自分で見てみなさい。……あれだけ仕事熱心なら、友達づきあいとの両立は難しそうではあるな。この色は映りがいいようだが、着心地は？」

「すごく、いい？　と思います。……その、白状しますと、あんまり出歩きたいとは思わないんです。それと友達は、それっぽい人ができても続かないと言いますか」

「続けるのが難しい、の方だろう。大学と家事のどちらも完璧にこなした上に遊ぶ時間があるとは思えないしな。少々手を抜いて遊ぶ時間を作ってもいいんじゃないか？」

「え、駄目です。だって仕事ですよ？」

「だから何もかも我慢しなきゃならない道理もない。――いいようだな、よく似合ってる」

慌てて背後を見上げたら、苦笑交じりにまた顔を戻された。この人に、そんなふうに顔に触られるのにはまだ慣れなくて、香はかちこちになって前を見る。

「えー……まごにもいしょう？」

「言っておくが、それは褒め言葉じゃないぞ。——失礼、これを買いたいんだが。このまま着ていくので支払いを」

低い声がそう続くのを聞いて、またしても背後を見上げていた。

すぐに寄ってきた店員と話を経てカードを渡した有田は、慣れたふうにタグを切るよう頼んでいる。視線に気付いたように見下ろしてきた。

「どうした。気に入らなかったか？」

「い、いえ。ありがとう、ございます？　嬉しいです。あと、すっごいあったかいです」

「だろうな。さっきまで着ていたのも悪くはないが、こちらの方が素材がいい。髪を切ってきて正解だったな。前の髪には合いそうにない」

言いながら襟足を撫でられて、慣れない感覚につい背中を竦めてしまっていた。

やがて戻ってきた店員が、有田と何やらやりとりをする。それを少し離れた場所で眺めながら、無意識に自分でも襟足に触れていた。

昨夜の——今朝の一幕を、ふと思い出した。

目を覚ました時、最初に見えたのはこの人の寝顔だった。すぐには経緯が思い出せなくて、数秒そのまま固まってしまった。

（つまり文字通りの添い寝か。一緒に眠るだけの？）

（そうです。ご希望があれば抱き枕もやります、けど）

昨夜はああ言ったが「添い寝」の実情はほぼ「した後」の続きだ。体温を分け合い肌ごと溶け合って我を忘れて夢中になった後の、余韻のようなもの。それが香には当たり前で、だから目が覚めた時は至近距離に相手の顔があるか、腕の中にいるのが不文律だった。

……本当のところを言ってしまうと、「同じベッドにいさえすれば」無条件で眠れるわけでもない。最初は当然寝不足だし、馴染んでからも眠りが浅かったり細切れになったりする。おまけに「常にどこか触れていないと」夜中でも目が覚めてしまう。

布団でもベッドでも駄目な独り寝が寝袋だと平気なのは、きっと「誰かにくるまれている」と錯覚するからだ——と、気付いて自分自身に呆れたのは、いつだったか。

けれど昨夜寝入った時、有田は手の届かない距離にいた。

……その状況で、朝まで熟睡していたわけだ。

「何でだ」という、純粋な疑問が頭に浮かぶ。まだ店員と話している有田をじっと見つめて、

「もしかして」と気がついた。

「昨夜はあったかかった、からたまたま……？」

呟きと同時につい右手が動く。短くしてまだ一時間にもならない襟足に触れてみると、さっき有田に撫でられた時のままぽかぽかしている気がした。それで顔が緩んでしまい、ついでに少々どころでなく油断してしまった。

「待たせたな。行こうか」

「……っぅあはいっ」

いきなりの声に、文字通り飛び上がっていた。泡を食って見上げればいつの間にか有田がすぐ横にいて、面白いものを見たような顔で見下ろしてくる。

気恥ずかしさを振り切るように、先に立って店を出た。弄らずにいてくれた有田に内心で感謝しながら長身にくっついて数軒の店を移動し、約二時間後に珈琲《コーヒー》専門店に入る。

慣れない外出と買い物のせいか、席についたとたんに全身から力が抜けた。ぐったりと背凭れに沈んだ香を眺めて喉の奥で笑った有田が、またしても「選択」を迫ってくる。曰く、名物のパンケーキのうちどちらにするのか。

「あの、飲み物だけ……」

「駄目だ。少しでもいいから、何か腹に入れておきなさい」

「う、……じゃあ、こっちで」

有田が示したうちの、フルーツの色が鮮やかな方を指さしておく。その後になって、すぐ横で店員が待ち構えていたことに気付いた。

「えと、注文……」

「こっちのパンケーキをひとつと、カフェオレとブレンドをどちらもホットで」

またして先を越されてしまって、とても情けない気持ちになった。

この十日間にもちょくちょくあったことだが、特にここ二、三日はかなりまずい。ご主人さまを動かして自分は座り込んでいるなど、ペットとしてあり得ない。なのでつい未練がましく店員の背中を見送っていたら、横合いから伸びてきた手にくしゃりと頭を撫でられた。もののついでや通りすがりでは何度かあったことだけれど、揃って座った状態でされたのは初めてだ。なので目をまん丸にして、有田を見上げてしまった。

「ペットの世話をするのは飼い主の特権だと思うが、違うのか？」

「……ぅ、何ですかそれ反則……」

口の端をほんのわずかに上げるようにして言われて、精神的な打撃を受けた。答えながらも首から上へと熱が昇るのが自分でもわかって、香は買ってもらったばかりのジャンパーの袖で顔を覆う。そうしたら、今度はその襟をちょいちょいと引っ張られた。

「寒くなければ脱いでおきなさい。汗をかくと風邪を引く」

「あ、はい」

素直にジャンパーを脱いでしばらくしてから、オーダー品が届いた。目の前に置かれたパンケーキはメニュー写真よりも美味しそうで、思わず小さく歓声を上げる。とたんに有田が笑ったのがわかって、少々ばつが悪くなった。

「急ぐ必要はないから、ゆっくり食べなさい」

「あ、りがとう、ございます」

頷いた有田が手元の端末に視線を落としたのは、きっと香を急《せ》かさないためだ。察して、けれど無理のない程度に手を早めて生クリームとフルーツを載せたパンケーキを口に運ぶ。

……今気付いたけれど、ご主人さまとこういう場でこういう食べ方をするのは初めてだ。仕事中の外出はもちろん、外食や外泊だって珍しくはない。けれど「選ぶ」のはいつもご主人さまで、香は目の前に置かれたものを口にするだけだった。

パンケーキが半分近く減ったところで、ふと視線を感じた。

同席の有田は、相変わらず端末に目を落としたままだ。フォークごと、刺したパンケーキをいったん皿に戻して香はそっと視線を巡らせる。

視線の主は、あっけないほど簡単に見つかった。

約十五メートル先、対角線上の席にいた同世代の金髪の男が、刺すように香を見ていた。顔立ちと、生え際の黒さからすると外国人ではなく髪を染めただけの日本人だ。けれどまったく見覚えがない。にもかかわらず、何故か既視感がある。

大学で見かけたのかもと思ったタイミングで、その男と同席していた人が何か言ったらしい。ふいと視線を逸らした男が向き直った相手は、彼や香からすれば祖父の年代の――。

「……、――ぁ、」

出そうになった声は、幸いなことに寸前で吐息になった。やや後ろの角度から横顔でもわかる。あれは二か月ほど前まで一緒に暮らして、香を別の名前で呼んでいた……。

件の男が席を立って、同席の老人を急かす。遠目にも、老人が苦笑したのが見て取れた。その手を引っ張る勢いで、男は香がいる場所から数メートル離れている出入り口へと向かう。レジで精算に立った老人を香の目から隠すように陣取って、もう一度こちらを睨んだ。

「そ、か」

ぽとりとそんな呟きが落ちたのと、二年近くを一緒に暮らした人がたぶん孫だろう人物に背中を押されて店を出るのがほぼ同時だった。ポニー・テールの位置で束ねた金髪が、開閉するドアに紛れて翻えるのが最後の最後に目に入る。

「知り合いか？　向こうは睨んでいるようだったが」

「……っうわはい！　あ、えと、でも若い方……睨んできた方の人は、写真で見たきりで」

「ではお年寄りの方が、以前のご主人か」

「えー……何でわかる、んです……？」

この人はいつから香と、あのふたりの様子を見ていたのだろう。すでにその手にスマートフォンはなく、まだ半分残っていたカップの中身もすっかりなくなっていた。

「髪色と長さだな。あそこまでの頭はざらとは言えない。――孫代理もやるんだったか」

「そ、です。その……家庭の事情で息子さんご家族とは没交渉になってて、お孫さんともいつ会えるかも、本当に会える日が来るのかもわからなくて、それで」

「あの様子では、孫の方はおまえを知っているようだが？」

「直接会う機会はなかったので、たぶんご本人から話を聞いたんだと思います。あと、契約期間中に撮った写真もあったのでそれを見たのかも」

「声をかけなくてよかったのか？」

「おれ、今は有田さんのペットですよ？」

気遣うような言葉に首を傾げて、淡々と言った。

「もともと、あのお孫さんの代理だったんです。本物が来るなら退場するのは当たり前ですし、お会いしたところで今さらだと思います」

「おまえのことだ、できる限りの要望に応じたんじゃないのか？」

「それが仕事ですから。それに、代理の間はちゃんと可愛がってもらったんですよ。おれ、祖父母とか知らないんで嬉しかったですし、それで十分です」

「……そうか」

短く言った有田が、思い出したように香の頭に手を乗せる。そろそろ馴染み始めたその感触に、香は淡く笑みを浮かべた。

11

「じゃあ、今日の服って今度こそ本当に、上から下まで有田《ありた》さんが？　もしかして、そこまで髪の毛短くしたのも？」

「えと、はい。色の希望を訊《き》かれて複数並べて当てて、自分で選ぶように言われました。髪の方は、そのままにしてた理由を訊かれて答えたら、本音はどうしたいのかって言われて」

「そこまでしてくれたの？　あの有田さんが!?」

いかにも「嘘だ」と言いたげな園子《そのこ》の様子に、つい苦笑が出た。

彼女と会うのは久しぶりだ。有田と一緒に買い物に出たのが先週末で、今日も週末。それ以前の、和解が成った三日後に事務所に出向いた時が最後だから、約二週間振りになる。

とはいえ、今の香《カオル》は現在進行形で「仕事中」だ。前回の仕事までは月に一度の所長への「報告」の時にしか顔を合わせなかったことを思えば、頻繁と言っていいペースになる。

ちなみに園子は所長から契約継続を知らされた時、盛大にブーイングを上げたそうだ。あり得ない、脅されたんじゃないかと口にして、所長から説教を食らったという。そのせいか、顔を合わせた時から夕食を摂り始めた今になっても半信半疑の顔を隠さない。

「悔しいことに似合ってるのよねえ……所長が選ぶのとは方向性全然違ってるのにー。おまけにちゃんとお膳立てしてカオくんに選ばせて、本音まで聞き出すとか」

何となく、負けた気がする——と続いた台詞《せりふ》に、つい首を傾《かし》げてしまった。そんな香をまじまじと眺めて、園子は前のめりだった身体《からだ》をソファに凭《もた》せかける。

「でもってカオくん、今日は最初から違ってたのよねえ……有田さんの影響、なのよね？」

「えと、どのあたりがでしょうか。似るのは絶対無理だと思いますけど」

「選ぶのに、迷わなくなったなあって」

再び身を起こし頬杖《ほおづえ》をついて、園子はぽつりとそう言った。

「有田さんといると絶対選ばされるんです。最初は二者択一だったのが、最近はどれでも自分が好きなのを選べ、になってきてて」

実は、昨日も連れ出されたのだ。喫茶店でのモーニングの後、気分転換にと映画に連れて行かれた。合間にはカフェで休憩したり、店に立ち寄ったりもした。おまけに週日には二度ばかり、「たまには外で夕食でも」と言われて外での待ち合わせまでした。

（食事の支度はおれの仕事なんです、けど）

「香で遊ぶ」流れであればともかく、一緒に遊ぶとか外食だけなんてあり得ない。割り勘でも考えられないものを、全額有田持ちとなると想定外としか言いようがない。

なのでもちろん抗議した。甘やかしすぎだと進言もした、けれども。

（ペットを可愛がるのは飼い主の権利、だと言ったはずだが？）

涼しい顔で押し切られ、それでも抵抗するとわかりやすく落胆顔をされてしまうのだ。

どうやら香は有田の「しょんぼり顔」にとても弱いらしい。うぐ、と返事に詰まった隙にきれいに丸められたあげく、最終的には真ん中に置いたメニューを、あるいは複数の商品を前に訊かれる羽目になる。曰《いわ》く、「カオはどれがいいんだ？」。

「そう、なんでしょうねえ。ランチの誘いに乗ってくれるだけでも破格なのに、仕事中のカオくんから夕食の誘いなんて破格すぎるもの」

「あー……急ですみません。その、有田さん、今日は外食で帰りも遅いって仰《おっしゃ》ってて。ちょっと続いてるせいか、おれにも誰かと一緒に食べに行ったらいいって言ってくださって」

和解報告に事務所に行った時、園子とゆっくり話せなかったのが気がかりだったのだ。それで、今朝大学に行く前にメールで誘ったのだが。

「ううん、それはむしろ大歓迎なんだけど。——……ねえ、そこまで気遣った上に自由にさせてくれるって、相当なお気に入り状態って言わない？」

「予想外に構ってもらってるとは、思います。ありがたい、ですよね」

例の「添い寝」も何故《なぜ》だかそのまま継続中だ。次の夜、ふつうに自室に向かおうとしたら首根っこを摑《つか》まれて、当然のように有田のベッドの上に置かれてしまった。

（見ている方が寒いと言ったはずだが？）

（部屋に入ってしまえば見えません、よね……？）

真面目に答えたのに、「想像するだけで寒い」と反論されて押し切られたわけだ。

本音を言えば、香としても独り寝より有田と一緒がいい。とはいえ、現状では「同じベッド」に連れ込まれているだけだ。初回だったあの夜から今朝に至るまで、互いの体温を何となく感じるくらいの距離で夜を過ごしている。

先に起きるのはもちろん香だが、状況はさまざまだ。寝入った時と同じようにそこそこ距離がある時もあれば、寄り添っている時もある。手足の一部が触れている時だってある。

ちなみに今朝は目覚めた瞬間に目の前にあの精悍《せいかん》な顔があって、ぎょっとして数秒間呼吸を止めていた。たぶん同じだけの時間、瞬《まばた》きも忘れていたと思う。瞼《まぶた》を落とした有田の寝顔はとても無防備で、顔立ちの精悍さがいつになく柔らかくなっていて——それ自体はとうに知っていたことなのに、どうしても目を逸《そ》らせなかった。

正確に計ったわけじゃないけれど、少なくとも二分近くはそうしていたと思う。結局は呼吸の限界が来て顔ごと横を向いたわけだが、あの寝顔は「しょんぼり」と並ぶ反則だ。不意打ちで見せられたら、どうしたって勝てる気がしない。

それはそれとして、つまり初回特典かたまたまだったはずの「直接ご主人さまに触れていなくても熟睡」がそのまま継続しているわけだ。原因も理由も、まったく不明なままに。

「うーん、もしかして契約延長になるみたい？」

「わかんないです。おれが決めることじゃないですし、そもそも有田さんて最初の頃に半年ちょうどで契約終了ってはっきり仰ってましたから」

「でも状況が全然違うじゃない。ほら」

ふいに、園子が手を伸ばした。指先で香の頬をつついて言う。

「カオくん、全体的にふっくらしてきてるもんね。つまり、ストレスがないってことでしょ。

兎《うさぎ》さんにストレスがないんだったら、基本的に飼い主さんにもないわよねえ」

「園子さん、その兎って……有田さんからも言われましたけど、いったいどこから？」

やっぱり可愛《かわい》すぎる喩《たと》えに思わず訊いてみたら、園子はあっさり首を傾げた。

「言い出しっぺは所長だから訊いてみたら？　けど、本当に顔つきも変わってきたわよね。先月倒れた時は本気で今にも死にそうに見えたのに」

「……えと、その節は本当にご迷惑を。ていうか、そんなに変わりました、か？」

「うん。一番近い言い方をすると可愛くなった、かな」

「か、わい……」

「そうしたのが有田さんなのかあ……うん、やっぱり悔しい。腹が立つかも」

「ちょ、」

慌てて彼女を宥《なだ》めながら、どことなく浮き立つような気分になった。その感覚は、会社が入ったビルの屋上で日向《ひなた》ぼっこをしている時のそれと似て、ぽかぽかと暖かい。

有田の帰宅はおそらく二十二時を越えるだろうが、まさかそれに合わせるわけもない。二十時前には園子を最寄り駅まで送り届けて、香はすぐさまマンションへと帰った。明日の朝食と弁当分に加えて念のための夜食を下拵《したごしら》えし、風呂もスイッチを入れるだけにしてから、リビングダイニングで有田から借りた本を広げる。

ちなみに例のレポートは無事提出済みだ。評価が出るのは少し先だけれど、いつになく結果が楽しみだったりする。

「……あ」

時刻が二十三時を回った頃に、インターホンが鳴った。

まずは風呂のスイッチを入れると、急いで廊下に出た。玄関先では見慣れた黒いコート姿が靴を脱いでいるところで、その背後でエレベーター扉が静かに閉じていく。

「お帰りなさい。お風呂はすぐ支度できますけど、おなかの方はどうですか？　もし必要なら、夜食を――」

言いかけた言葉は、半端に途切れた。正確には、どうにも続けられなくなった。

靴を脱いで壁に手をついた有田が、真顔でじっと香を見つめていた。

「えと、……ありた、さん？　あの、どうか――」

やっとのことで絞った声に、有田の首が頷《うなず》く形に動く。それでも消えない違和感に瞬《しばたた》いていたら、唐突に動いた腕にいきなり抱き込まれた。

え、と思う間もなく覆い被《かぶ》さるように体重がかかってくる。

身長も体格も明らかに上回る有田を支えきれるわけもなく、コンマ数秒の間に「転ぶ」と悟った。このままでは有田までと同時に思って、だったら貧相なりにクッション役をと思った、のだが。

「え、……？」

腰に回っていた腕に力が籠《こ》もったかと思うと、掬《すく》い上げるように支えられた。一拍の後には、香は玄関先の廊下に座り込んでいる――それも、完全に抱き込まれた恰好《かっこう》で、だ。

「あの、……有田、さん？　どう……」

ハグに慣れてはきたものの、直前に躊躇《ちゅうちょ》するのは変わらなかったはずだ。頭や肩を撫《な》でられたり、背中を押したりは日常になっていて、最近は襟足《えりあし》に触れるのが加わった。なのにハグの時だけは間合いが空くのだから、ずっと不思議だった。

でも――今の有田は全然、躊躇しなかった。

見上げた有田は、黙ってじーっと香を見たままだ。表情が薄いのはいつものことだが真顔が続くのは珍しくて、さすがに「妙だ」と気がついた。

「お疲れ、ですか。お風呂は明日の朝に、します……？」

「……――？」

じ、と香を見たままの有田が、首を傾《かし》げる。例の「しょんぼり」ではないものの、精悍そのものの容貌《ようぼう》での不思議顔は破壊力が高すぎて、それも反則だと何の脈絡もなく叫びたくなった。辛うじてそれを堪《こら》えて見返していると、やがて聞き覚えのある低い声がする。

「キスを、しても……？」

「え、……えと、どう、ぞ……？」

反射的に、答えてから気がついた。何で、どうして――有田が自分にそんなことを？

思う間にも、腰を抱き寄せられる。外気のせいか、頬に触れた指は肌が粟立《あわだ》つほど冷たい。小さく震えた香に気付いてか、「悪い」と声がする。間を置かず顎《あご》を押し上げられ、詰めていた呼吸をそっと塞《ふさ》がれた。わずかに離れて、もう一度唇を塞いでいく。

「――、……っ」

香の頭は大混乱だ。それでも、触れた唇からひとつの事実に気付かされる。

有田の吐息から、アルコールの匂いがした。それも、気付かなかったのが妙なくらい濃い。そっと唇が離れていった後も、有田は真顔で香を見たままだ。状況について行けず固まったままの香の頬を、やっぱり冷たすぎる指で撫でていく。

「……なるほど……？」

そしてやっぱり唐突に、いきなり前のめりに崩れた。ぎょっとした香が抱きついていなければ、壁か床で頭を打ったに違いない。

「え、ちょ、あの、ありたさ、……っここで寝ちゃ駄目です、風邪引くからっ」

ぴくりともしないのは、寝てしまったからだ。察して慌てて声をかけ、抱きついたままの背中を叩《たた》く。わずかに声を上げたところに「立ってくださいちょっとだけ」と頼み込み、よろよろずりずりと辛うじて――どうにか、近い距離にあった有田の寝室に辿《たど》りつく。ほんの数メートル先のベッドまでを、こんなに遠く感じたのは初めてだ。そのせいか、有田をベッドに座らせるなり足腰から力が抜けた。

半ば有田に抱きついたままほっと息を吐き、おもむろにそっと距離を取る。全部は無理でもせめてコートだけで脱いでもらわねばと手を伸ばしたら、

「……い、っ⁉」

今度はベッドの上に沈められた。それも、身体の左半分に有田がのしかかった恰好でだ。

「え、ちょ、ありたさ、」

「んー……」

そして、そのまま——寝入ってしまった、らしい。

「うえ、ちょ、あの、」

「ん、」

思わず声を上げたら、吐息が触れるほど近い有田の顔が歪《ゆが》んだ。

起こしそうだと思ったら、思わず口を閉じていた。

コートを着ていても寒いのか、目を閉じたままの腕が動く。抱き込んだ香ごと布団を被ってしまった。香の頭を抱え込むように横向きになると、満足そうな息を吐いて静かになる。

「……え。どう、しよ……？」

これは、もしかして。布団を被る前に、どうにかして離れた方がよかったのではないか。

今さらに、そう思っても遅い。香の目の前にあるのはコートもシャツも、ネクタイまでそのままの胸板だ。とても気持ちよさそうな寝顔が、煌々《こうこう》と灯《とも》る明かりのおかげでよく見えた。

下手に動いたら、起こしてしまう。そこまではいいとして、きっと状況に気付かれる。それで我に返ってしまったら、記憶に残り朝になって「いったい何が」と訊かれたら——どう説明すればいいのか、わからない。

「……ぅ、ん」

かすかな声とともに動いた有田が、顔を寄せてくる。顎を上げれば吐息が触れるほど近い、そう知った瞬間に数分前のあのキスを思い出す。同時に腰から背中に回った腕の強さに気付いて、逃げようがないほどしっかり抱き込まれたことを思い知った。

顔じゅうに、火が点《つ》いた気がした。同じだけ、胸の奥で例の「ぽかぽか」が強くなる。同時に今の自分が心底「安心」していることに——このままでいたいと思っているのを知った。

「キス、……もっかいしてくれない、かなあ……?」

連鎖的にこぼれた声は、間違いなく本音だ。

……十分すぎるほど有田に構われている自覚は、ある。オプションなしの添い寝からしてあり得ないし、連れ出される先の希望を訊かれることもない。出向いた先で「選ばせてもらえる」のも、「もっと自由にしていい」なんて言われたのも初めてだ。

その全部が有田の厚意で、けれどこの人はそういう意味では香に見向きもしない。そこは当初から一貫していて、だから添い寝の時の距離感も「そういうもの」だと思っていた。

でも、本音を言っていいのなら。できることならもっと近づきたい。そう感じるようになったのは、いつからだったろうか。

（好きだから、です。誰かと肌を合わせるのも、気持ちいいのも）

あれが、香の本音だ。和解前にハグや添い寝を希望したのも、構ってほしくてまとわりついたのも「体温を感じたい」から。露骨に言うなら、互いの肌を直接感じたいから。

行為そのものが好きかと問われたら、たぶん首を傾げてしまうと思う。ご主人さまの誰もに懐けるわけじゃなく、だから本音を言えば無条件に触ってほしいとは思わない。中にはどうしても好きになれない人だっているし、気分が乗らない時だってある。ただ「仕事」である以上、それを顔や態度に出すわけにはいかないだけだ。

けれど和解後の有田は、香にとって「懐きたい人」だ。一緒に買い物に出てからは特に、日に一度のハグや一緒に眠る夜が楽しみになった。

安心するからくっつきたい。けれど自分から行くわけにはいかないから、余計に触れてみたくなる。もっと撫でて構って、こんなふうに近くで体温や匂いを感じたい。

ハグや添い寝だと互いに服を着ているから、肌の感触なんてほとんどわからない。それでも「安心」はできるけれど、「した時」ほどの安堵感《あんどかん》はない。全身くるまれて、どこまでも全部が溶け合うみたいな、あの感覚は絶対に味わえない。

「朝起きたら忘れてる、かも。相手はおれだって、わかってなかった可能性もあるし」

酔っていた上に、すぐ眠り込んだ。一度も名前を呼ばれなかった。

だったら下手なことは言わない方がいい。もし言ってしまって、

「きらわれた、ら……イヤ、だよねえ……」

自分の声を聞いただけなのに、どういうわけか泣きたくなった。同時に、胸の奥に先ほど来たのと同じような――そのくせもっと深い痛みが生まれるのがわかった。


翌朝は、拍子抜けするほど「いつも通り」に始まった。

正確には、香が必死で「いつも通り」を装ったのだ。いつもの時間に有田を起こさないよう四苦八苦しながらベッドを出てキッチンへと向かい、風呂のスイッチが入れっぱなしだったことに気付いて少々悶絶《もんぜつ》した。それでも自分を奮い立たせ、やがてリビングダイニングに顔を出した有田に「いつもと同じ調子」で風呂を薦めた。

「帰ってすぐ寝てしまわれたんです。まだ時間はありますし、すっきりしてきてください」

「……ありがとう。そうしよう」

そう言う有田が額を押さえ顔を顰《しか》めていたのは、二日酔いでもあるのか。だったらと超特急で水と梅干しを用意し、脱衣所に持って行った。顰めっ面の有田が口にしたのを確かめて、すぐさまキッチンに取って返し――何となく、脱力した。

あの様子だと、まず覚えていないのだろう。ベッドでのことはもちろんとしてその前の、

玄関先のあの一幕も。

自分でもわかるほど落胆しながら準備を終えた頃に、有田がリビングダイニングに顔を出す。先ほどよりは少しマシな顔色の彼と一緒に食卓についてからの話題はといえば、

「まだ頭痛いですか？」

「かなりマシになった。……悪い、面倒をかけた」

思い返してみれば、有田が酔っ払っているところを見たのは昨夜が初めてだ。もしかして、あまりアルコールは強くないのかもしれない。

今日の香は朝一番から講義があるため、家を出るのは有田と一緒だ。いつものように弁当を渡してエレベーターのボタンを押して、けれどそこで「いつもと違う」ことが起きた。

「カオ」

「は、い……ぇ、」

不意打ちで有田に抱き寄せられたのだ。予想外すぎて口や目を大きく開けていると、じきに軽い音を立てて目の前の扉が開く。直後、ぽんと頭のてっぺんを撫でられ肩を押されてエレベーターに乗せられた。

……今、何が起きたのか。

摑みきれないまま、香はじっと隣の男を見上げた。視線に気付かないのか、有田はいつの間にか手にした端末に目を向けていて、結局一階に着くまで会話らしい会話はなかった。

「えと、じゃあ行ってきます。有田さんも、お気をつけて」

「ああ。行っておいで」

ちなみに有田は通常、車で出勤している。昨日のように夕食の約束や外泊予定がある時は、車だったり徒歩と電車だったりまちまちになる。

今日は車を使うらしく、有田を乗せたエレベーターはそのまま地下へと下って行った。階数表示でそれを確かめて、香はとぼとぼと外へ出る。狐《きつね》に摘《つ》ままれた気分で最寄り駅へと向かう途中、地下入り口が目に入った瞬間に口から言葉がこぼれて落ちた。

「お、ぼえてた……？　や、でもそれなら一言くらい、――有田さんなら言う、よね……？」

当初あれだけオプションに嫌悪を示していた人だ。酔った末のはずみだとしても、自分からのキスを誤魔化《ごまか》すとは思えない。

でも、それならいったい何故ハグが朝になったのか。しかもまったく躊躇もなしで。

混乱と同時によみがえったのは、昨夜にもあった胸の痛みだ。妙に落ち着かない、じわじわと広がるような――さほど大きくはないのに無視できないくらいの。

「えー……」

有田の真意もわからないが、自分のコレも意味不明だ。大学への道々で必死で考えたものの答えが出ることはなく、香は頭痛を覚えつつ講義室へと向かう。

自慢ではないけれど、切り替えはそこそこ得意だ。なのに、今日はどうにもうまくいかなかった。集中が半端なまま午前中の予定をこなして、香は弁当を手に学生食堂へと向かう。と、先ほどまで同じ講義を受けていた顔見知りから声をかけられた。

「今日も弁当？　トレードしてくれない？」

「いいけど。普通のお弁当だよ？」

「そこがいいんじゃん。あ、羽柴《はしば》は何食べたい？　いつも通り日替わり？」

言われて、香は壁際のメニュー表に目を向ける。

この顔見知りに初めて弁当の交換？　を希望されたのは去年の夏前だ。以来、結構な頻度で希望される。断るほどのこともなしと大抵は受け入れている、のだが。

「魚の煮付け定食、かな」

「へえ」

「……何？」

「いや、毎度の日替わりセレクト本気でやめたんだーと思って。やっぱ変わったよな。じゃ行ってくるからオレの席取っといてよろしく」

言うなり、確か小野田《おのだ》という名前だったはずの顔見知りが食券の自販機に駆け寄っていく。

見送った香はひとまずお茶を二人分確保し、周囲を見回して窓際の席につく。

真冬とはいえ、今日はいい天気だ。青空に雲はほとんど見当たらず、ガラス窓越しの戸外に注ぐ日差しは十分暖かそうに見える。実際その通りなのか、中庭に面したテラス席にはどうやら恋人同士らしい男女が寄り添うように座っていた。

肩を寄せ合って、揃《そろ》って覗《のぞ》き込んでいるのはどちらかのスマートフォンらしい。指差して何か言い、それに答えてもうひとりが笑う。

構内で何十回となく目にした光景だ。それが、妙に目につくのはどうしてか。

「珍しいっていうか、興味が出てきたのか？」

「え」

声に振り返ると同時に、小野田が香の前にトレイを置く。交換とばかりに差し出された手に弁当箱を渡すと、喜々として包みをほどき始めた。

「いつも言ってるけど、中身は普通だよ？」

「その普通がいいんじゃん。それより羽柴、彼女でもできた？　それとも実は年上彼女に可愛がってもらってるって噂《うわさ》が大当たり？」

「は？」

唐突に言われて、取ったばかりの箸を落としそうになった。

「いや年上彼女はないかー。噂だけは一年の時からあったけど、ああいうの気にしだしたの最近だもんな。それまで全然スルーってか、目にも入ってなかったし」

「ああいうの」

「うん。そこでいちゃついてる、ソレ」

箸の先でテラス席を指す小野田に、つい「それ行儀悪いよ」と指摘する。首を竦《すく》めて箸を下ろしたのへ、思わず言った。

「おれ、気にしてた？」

「と、思うけど？」

「えー……」

興味がなかったのは、事実だ。香にとって大事なのは「仕事」と「ご主人さま」だけで、それ以外は余分でありオマケのようなものでしかない。大学の勉強は好きだし楽しいと思うけれど、優先順位は仕事の方が上だ。

「やっと生気が出てきたっていうかさ。羽柴もちゃんと普通の人だったんだなーと」

「……普通じゃない人が作った弁当を欲しがる人も、普通じゃないと思うけど」

「美味《うま》い弁当は別格だろ。で、相手はどんな子？」

「どんな、って」

「自覚なさそうだけど、羽柴って目立つんだよね。何か人工物っぽいっていうか、本当に息してんのか実はロボットじゃないのかって話があるくらいで」

「……今後弁当の交換はしないから、そのつもりでよろしく」

さすがにむっとしてぽそりと言ったら、とたんに小野田はむせ込んだ。何度繰り返しても咳《せき》が止まらない様子に、さすがに無視できずお茶を差し出す。

「いやそれ待てって。あー、そういう意味じゃなくて」

「じゃあどういう意味」

「謎の人、って意味。どれだけ勧誘されてもサークルには見向きもしないし、誘われても遊びに行かない。そのくせ講義には皆勤でレポートの出来もよくて、グループレポートでは普通に接してくる。人嫌いとは違うけど、講義以外には興味ないのアリアリ。十分謎だろ」

「……プライバシーだと思うけど？」

「だから詮索《せんさく》はしないって。けど憶測が飛ぶのはどうしようもないんじゃね？　ってことで、なあなあ彼女ってどんな子？　すげえ興味あるんだけどー」

そう言う小野田の顔は、言葉通り好奇心満載だ。

「どんな、って、そんなの」

呆《あき》れ交じりに何気なく、もう一度テラス席に目を向ける。先ほどの男女の姿はなく、今テーブルにバッグを置いたのは長身の男だ。香の視線に気付いたように顔を上げ――

「……――っ」

どうしてか、その顔が有田に見えた。

そう認識した瞬間に、かあっと顔じゅうが熱くなった。

「え、ちょ、羽柴その顔、」

「ぁ、う、いやその、ごめ」

慌てて手で覆ってみたところで全部が隠れるわけもない。それどころか、かえって上がった体温を実感する羽目になった。

「うわマジか。本気で春が来た？」

「え、ちが、いやあれ、何で？」

錯覚しただけだ。長身と、たまたま雰囲気が似て見えて、だから連想しただけで。

けれど小野田の言葉から、有田を連想したのも間違いなく事実、で。

自分で自分を持て余して、香は何度も首を振る。それでも消えない火照りに呆れたのか、あるいは同情したのだろうか。それ以上、追及されることはなかった。

12

事が起きる時は、どうしてか連続するものだ。

――ということは知っていた、けれど。いくら何でも、これはどういうことなのだろう。

「よう、トイ。久しぶり」

「どうして、ここに？　何か用でも？」

いつもの挨拶《あいさつ》のような軽い声で言われて、香はかえって表情を固くした。

知っている顔で、覚えのある呼び名だ。年数が経《た》って記憶が薄れていたところに有田との再会があって、鮮やかに思い出した——二年前に香の「ご主人さま」だった人物。

名前は確か、「広岡《ひろおか》」だったか。あいにく「どうにも好きになれない」ご主人さまだったため、下の名前はとうに記憶から消えている。付け加えればこのご主人との契約は「終了」したのではなく「打ち切り」となった。それも所長権限で、唐突にだ。

（言っておくけど。万一、カオくんが泣いて望んでも、あの人とは二度と契約しないよ。だからカオくんもそのつもりで。もし近づいてきても関わらないように）

強い口調で言われて、素直に頷いた。その後も何度か香指名で依頼しに来たのを即答で断った、とも聞いた覚えがある。

とはいえ、それも「事務所に」であって、香本人とは何の接点もなかったのだ。なのに、どうして今、この男がここにいるのか。それ以上に問題なのは——。

「どうでもいいけれど、場所を移していただいていい？　ここは寒いし、変に目立つでしょ」

何故、この女性が——おそらく有田の恋人だろう彼女が広岡とともにいて、まっすぐに香を見ているのか、ということだ。

広岡と有田が知己なのは知っている。そして彼女は有田の恋人だ。その意味では確かに接点がある。けれど、揃って香を待ち伏せる理由がわからない。

「……すみませんけど、おれ、急ぐので」

「まあそう言うなって。おまえ知ってんだろ？　彼女のこと」

「有田さんのことで、大事な話があるの。さほど時間は取らせないなら構わないでしょう？」

二人がかりで言われたら、安易に無視するわけにもいかない。結局、香は半ば強引に大学からほど近いカフェに連れ込まれることとなった。

彼女がまっすぐ向かったのは、店内でも奥の壁際に位置するソファ席だ。間取りの関係か全体に明るい店内において、そこだけやや暗く隔離された形になっている。

広岡が三人分のオーダーを口にする。気にしたふうもなく黙っている彼女は、けれど大学前の一瞥《いちべつ》きり頑《かたく》なほどに香を見ない。今も露骨に顔を逸らし、少し離れた窓に目を向けている。それは、じきにやってきた店員が飲み物を置いて離れるまで続いた。

「あの。……おれに、何か」

続く沈黙の重苦しさに、喉《のど》の奥で声がつかえた。

今になって、思い出したからだ。有田には目の前の彼女という「恋人」がいた、ことを。

つまり昨夜のキスもハグも、おそらく「彼女と間違えた」だけ。直前まで一緒にいたのが彼女で、泊まりの予定はなくてもそれなりに触れ合っていたはずで、だからこそ酔っ払って「勘違いをした」。

だって、香と有田はそんな関係じゃない。それが物足りなくて焦《じ》れる気持ちがあって、だからこそ昨夜の出来事にあれだけ浮かれた。あげく、「恋人」という言葉に有田を連想した。

「あなた、男娼《だんしょう》のお仕事をなさってるんですってね」

不意打ちでかかった声の、尖《とが》った響きに反射的に顔を上げる。と、いつの間にか真正面からこちらを見ていた彼女とまともに目が合った。

年齢はおそらく、有田と同世代。もともとの色なのか染めたのか判然としない髪はやや明るくて艶《つや》があり、肩に被さるほどの長さで毛先がきれいに巻いている。平日の今日は休みなのか、それとも仕事帰りなのか以前に商店街で見かけた華やかな装いではなく、ブラウスにロングスカート、ヒールの高いブーツが似合っている。

「どんなふうにお仕事をなさってるかは、広岡さんからお聞きしたから説明は無用よ。ところで有田さんからは家政婦を雇ったと聞いたはずなんだけれど、どうしてあなたが？」

「これでも家政婦です、ので。事務所に所属していますし、資格もあります」

「でも、男娼が主なお仕事なのよね？　雇い主をご主人さま呼ばわりして、何でも言うことを聞く——言いなりになると聞いたけれど」

「それに関しては、お答えする義務はないと思います」

話の流れが何となく読めて、だからあえて事務的に言った。きれいに描かれた眉を顰《ひそ》めた彼女を、あえてまっすぐに見返して続ける。

「おれの今の雇い主は、有田さんです。有田さんは全部ご存じです。その上で、仕事を続けさせていただいています。……有田さんの名誉のために一応お断りしておきますけど、仰ったような内容は合意がない限りいっさい行いません」

「あのね。そういう話じゃないんだけど、わかる？　そもそも有田さんには、住み込みなんて必要ないの。実際に以前の方は何日か置きの通いだったたし、それで十分なのよ」

「それは……でも、そもそも契約自体が」

「有田さんご本人からも、何度かあなたのことは聞いてるの。とても迷惑だって」

「——、……っ」

　言われた瞬間、呼吸が止まった。

「契約期間中の解約が、とても不本意な理由でできないんだって仰ってたわ。その後やっと機会が来たのに、あなたがわざと倒れたりするから結局は見送るしかなかったたって」

　どうして彼女がそこまで知っているのか。答えは明白だ。恋人本人——有田から聞いたのだろう。けれど、彼女の言い様と香が知る当時の有田の様子がどうにも重ならない。

「わざと、って……それは、有田さんが？」

「まさか。彼はとても優しくて礼儀正しい人なの。未成年にしか見えない子に本心なんて言えるわけないでしょう。だからって、むやみに甘えるにも限度があるのはわかるわよね？」

　きょうだいでも親類でも、ましてや友人ですらないのに。続く声は柔らかいのに、触れた瞬間にすっぱり切られそうだと感じるほど鋭い。

「あの、……でも、契約の継続を申し出てくれたのは、有田さんの方、で」

「さっき言ったでしょ？　たとえフリでも自宅で倒れた上、栄養失調とストレスが原因なんて言われて、それでも解消なんて言えると思うの？」

ため息をつく彼女は、いかにも幼い子を見るような顔をして続けた。

「そこは常識とか、良識とか。大人の判断なのよ。――まだわからない？　有田さんはあなたに同情してるだけなの。その年で男娼までしないと生きていけない子なら、せめて期間中くらいは我慢してあげようっていう思いやりでしかないの」

「そ、……」

「いい加減、迷惑だって気づいてほしいのよ。あなたから、契約を解消してもらいたいの」

小さく落とすため息すら優雅で、花の香りが立つようだ。他人事《ひとごと》のようにそう思った。

「やむを得ない事情があれば、解消できるんでしょう。だったらそれを作ればいいのよ。もちろん、有田さんに迷惑がかからない方法でね。――もうわきまえてもいい頃でしょう？」

「こちらに、わきまえが足りない、と？」

「いい加減、迷惑なの。はっきり言わせていただくけど、わたしがとてもイヤなのよ」

男の子のくせに、ペットだなんて気持ち悪い。きれいな声が、一段低く響く。

「人の同情心につけ込んで、邪魔になるのを知ってて居座るなんて、図々しいにもほどがあると思うんだけど？　それにね、あなたにはわからないだろうけど、有田さんには立場ってものがあるの。男娼と同居してるなんて、醜聞にもほどがあるのよ」

実際に、あなたが何者かを知っている人が近くにいたわけだし。言って彼女が目を向けたのは、席について以降無言でにやついている広岡だ。切れ長の、きつい彼女の視線に臆したふうもなく、かえって笑みを深くして香に目を向けてくる。

「有田さんとわたしは、近々結婚の予定があるの」

「え、……」

「もうとっくに準備に入ってるはずなのに、あなたが居座っているせいで延期になってるの。男娼がいる家に、わたしを入れたくないと、考えてくださっているからよ。だから、とにかく早急に契約を解消していただきたいの」

いったん言葉を切って、彼女は短く息を吐く。

「あなたの境遇はお気の毒だと思うけれど、ものには限度というものがあるの。そもそもあなたの事情に有田さんは関係ないのだし、今のお仕事にしたってご自分で選んだのよね？」

「それは、」

「これ以上、あの人を困らせないで頂戴《ちょうだい》。でないとわたし、やりたくないことをする羽目になりそうでイヤなのよ」

それだけ、と言い切って、彼女は唐突に席を立った。手つかずの飲み物をそのままに、上着を羽織りながら店の出入り口へと向かう。

席に座ったまま、茫然《ぼうぜん》とその背中を見送った。

軽いベルの音とともに開いたドアが、跳ね返る。涼やかな音が消える頃には、すでに彼女の姿は見えなくなっていた。

結局、彼女は名乗りもしなかった。同様に香の名前を聞くこともなかったが、それもつまり意思表示のうちなのだろう。

……甘やかされているのは、事実だ。それが当たり前になって、今思えばあり得ないほど甘えすぎてもいる。

固まったような頭のすみに、ぽつんとそんな思考が落ちた。

昨夜ハグとキスをされて、体温を感じながら眠った。今朝の出がけには唐突に、けれど当然のようにハグされて、それだけで浮かれたような気持ちになっていた。

でも、あれは酔った上での戯れだ。そもそもハグ自体が「必須事項」であって、有田の本意ではない。服を買ってくれたのも髪の毛を気にしてくれたのも要望書の内容の遂行であって、そこに有田の気持ちがあるとは限らない。

穏やかに笑ってくれるからといって、それが「特別な好意」だとは限らない――。

ひとつひとつの事実に思い至るたび、昼休みに鮮やかに開いた気持ちが色褪《いろあ》せていくようだった。俯《うつむ》いてきつくこぶしを握って、香はともすれば速くなりそうな呼吸を抑えた。

「女って怖いよなあ。いくら本当のことでもあそこまで言うか？」

唐突に聞こえた声に、香はのろりと顔を上げた。

斜め向かいにいる広岡は、鼻歌でも出そうな風情だ。ソファにふんぞり返った恰好で、にやにや笑いでこちらを見ている。

「仕方ないよなあ。おまえ、相手が誰でも金さえ払えば脚開くんだし。二年前のあの時も有田は相当退いてたしな。あの後で顔合わせたけど、ゴミでも見たような目されたしさ」

「……ありもしないことを、勝手に吹聴しないでほしいんですが。一度は契約したんですから、正確に状況は知ってますよね？」

「都合のいい言い回しをしてるだけで、実質的にはそんなもんだろ。それよりもっとはっきり言った方がよかったか？　相当なスキモノで、タダでもいいから相手を探してるって」

「ですから、それとこれとは話が別です。ついでに有田さんとの関係は、ただの雇い主と家政婦というだけです。それ以外は何も、ありません」

断言しながら、また心臓のあたりが痛くなった。とはいえこの男の前で下手な弱みを見せるわけにもいかず、香は営業用の顔を保つ。

「そこなんだけどさあ。おまえんとこの事務所所長だっけ？　何か有田と裏取引でもやってんじゃねえの？」

だって有田、おまえみたいなヤツ本気で嫌いだろ。あっさり続いた言葉に、気付かれないようぐっと奥歯を噛《か》んだ。

「おまえだってそのくらいわかってたよなあ？　二年前とはいえ、顔合わせただけであんだけ睨《にら》まれてりゃさ。それとも、好かれようが嫌われようがどうでもいいってヤツ？」

「ですから」

「まあオレにはどっちでもいいけど？　お人形ならお人形で楽しみ方ってもんがあるしな。ってことで、おまえさあ、有田んとこ辞めた後はオレんとこ来ない？」

いかにも良案のように言われて、つい眉を顰めていた。

「まだ、有田さんのところを辞めるとは言ってません。それから、おれの次の仕事については所長の管轄で、あなたがどうこう言うことでもありません」

「また可愛いこと言うよな。いつまでそれが続くかは見物だけどさ」

軽い声音に、妙な引っかかりを感じた。無言で見返す香に、男は肩を竦めてみせる。

「考えればわかるだろ。おまえみたいのをわざわざ傍《そば》に置こうって物好きがそうそういるとでも思うかよ」

「何、……」

「オプションでも何でも要は契約して命令さえすりゃあ何でもやるわけだ。それが最近だけならともかく、中坊以下の頃からずっとともなれば筋金入りなんてもんじゃないよな？」

唐突な言葉に、呼吸だけでなく心臓まで止まった気がした。

凝固したように動けない香ににやにや笑いを向けたまま、広岡は言う。

「おまえ結構有名だったぞ。調べたらすぐ、知ってるってヤツが見つかった。いいトシした爺《じい》さんだったけどな。家政婦代わりにこき使える上に、殴ろうが蹴《け》ろうが抵抗もしない。気晴らしにひん剝《む》いて遊んでもどこからも文句が出ない。すげえ便利だったのに、希望が多すぎて競争率が高かったたってさ。会いたいなら仲介してやろうか？」

「……、——」

「いくら何でも、そこまで知ったら同情も失《う》せるよなあ。さっきの女じゃないが、今は自分で選んで男娼やってるともなれば、どこまで言い訳が通用するかねえ？」

分を弁《わきま》えろってことだろ、と得意げに男は言う。

「まさかおまえ、自分が有田に釣り合うとでも思ってるのかよ。あいつ、あれで結構な稼ぎ頭だぞ。女だってさっきのだけじゃなく、他にもいるって噂もある。きれいどころ選び放題ってやつだ。そんなヤツが、本気でおまえみたいのを相手にするとでも？」

返す言葉が、出て来なかった。

改めて考えてみれば、有田から個人的に好かれる要素など欠片《かけら》もないのだ。

成人しているとはいえ香はまだ大学生で、昔のあれこれの影響もあってまだまだ未熟さが目立つ。大人の優しさを持つ有田は、きっとそこも気にかけてくれた。香への同情と罪悪感と、おそらく所長からの口添えがあったからこそ、今でも契約を続けてくれている。

そうした前提があるのなら——そして倒れた時に有田がしてくれた説明内容からすれば、おそらく有田から「契約解消」は口に出せない。

そもそも半年が区切りの契約だ。必ず契約終了するとすでに宣言したこともあって、あえて放置している可能性だってある。

なのに——いつの間にか勘違いしていなかったか。契約更新かもという園子の言葉を真に受けて、昨夜のキスとハグを都合よく解釈していなかったか。

もしかしたら、と。絶対にあり得ないことを、考えてはいなかったか……？

「……、——」

いつの間に、こんなにも思い上がっていたのか。甘えて寄りかかることに慣れて、当然のように「その先」を望んでしまったのか。

もっと傍に行きたい、なんて香の一方的な気持ちでしかないのに。

もっとキスしてほしいなんて、香に言う資格はないのに。

「彼女も言ってたろ。とっとと契約解消した方がいい」

放り出すように言われて、香は思わず視線を落とす。そこに、妙に楽しげな声が続いた。

「おまえの過去とか彼女も知ってるし？　最後に言ってたろ、やりたくないことって。それ、有田にバラすってことじゃねえ？」

弾《はじ》かれたように、顔を上げていた。そんな香をまじまじと眺めて、広岡はにやりとする。

「さっきの話だけど、おまえ有田んとこ辞めたらオレんとこ来いよ。大学なんかとっとと辞めてさ」

「……は？」

唐突な決めつけに、一瞬言葉が出なかった。そんな香に、男は得意げに言い放つ。

「オレが飼ってやるって言ってんの。三食昼寝つきで、たまーに他の遊び相手斡旋《あっせん》してやるからさ。それなら給料もいらないだろ」

「ですから、おれの仕事は所長が」

「その所長もさ、まずいんじゃねえの」

意味ありげな言い方に、寒気がした。とはいえ無視するわけにもいかず、香は声を絞る。

「……どういう意味ですか」

「小学生時分からそっちの意味で使われてたガキを見つけたのをいいことに、自分のとこに所属させて男娼やらせてるとか。関係者にバレたらどうなんだろうな？　まあ、実際バレるかどうかはおまえ次第だけど？」

つまり、言う通りにしなければバラすというわけだ。予想はついていたものの、あまりのわかりやすさに何とも言えない気分になった。

「二週間だ。それまであの女は押さえておく。その間に契約解消と、ついでに事務所も辞めてうちに来い。余裕だろ？」

決定事項とばかりに言われたついでのように、連絡先を請求された。躊躇したとたんに「だったらすぐにでも有田にバラす」と言われて、香は渋々スマートフォンを差し出す。

「逃げるなよ。まあ、逃げたところで行き場なんかないだろうけどさ」

上機嫌で言って、広岡が席を立つ。

見送る気にはなれなかった。俯いた先、膝の上に乗った自分の指を見ながら、香はどうにもならない行き詰まりを思い知った。

13

「続いてすまないが、夜は外食になった」

いつも通りの朝食の席で言われて、香ははっと我に返った。

「わ、かりました。じゃあ一応、夜食を準備しておきますね。……えと、お酒、ですか？」

「いや。ただ、帰りが読めないな。真夜中になるかもしれないから、先に風呂を使って寝ているといい。もちろんベッドでな」

「え、あ、ぅ……えと、それーはちょっと……」

首を縮めた香に苦笑して、有田は味噌汁《みそしる》の椀《わん》を置く。まっすぐに目を向けてきた。

「無理か。夜中には添い寝になるはずなんだが」

「えー……寝入り端《ばな》の問題、といいますか。その」

有田が遅くなる時によく言われる台詞だ。とはいえひとりのベッドはやはり苦手で、結局香は自室の寝袋に潜り込んでいる。当然ながら深夜に帰宅した有田にもろにバレてしまう。

……それでも以前には、擽《くすぐ》ったいばかりだった話題だ。けれど、「今の」香にとってはいろんな意味で重い。というより最近は、「添い寝」そのものがキツくなってきている。

だからといって、有田に言えるわけもない、けれども。

「それなら帰ってから迎えに行くか」

「えっ」

「寝袋から出して担いで移動するから、おまえはそのまま寝ていて構わないぞ」

「や、ちょ、でも、えと、それは」

いくら何でもと続けるはずが、こちらを見たままの視線に止められた。

「……まあ、どうしてもイヤなら無理にとは言わない、が」

だから、そこでしょんぼりするのは卑怯《ひきょう》だと香は思う。有言実行で主導権を握るのが得意で、その気になれば香くらい簡単に言いくるめられるくせに——どうしてこういう時だけそんな顔でこちらを見るのか。わざわざこちらの意向を言わせようとするのか。

結局答えを曖昧にしたまま、玄関でのハグを経て有田を仕事へと送り出す。すでに大学は後期試験後半日程に入っているため、香自身は昼食後に出れば十分間に合う。

リビングダイニングのキッチンを軽く掃除してから、寝室のリネンを交換する。例の買い物の翌日から、それまで入室禁止だったここを含む部屋への出入りが自由になった。仕事を増やすことになるが頼めないかと有田に言われて、とても嬉《うれ》しかったのだとふいに思い出す。

(信用して大丈夫だと思った)

「……しんよう、か、……」

有田の恋人と、広岡に契約解消を迫られてから、今日で一週間になる。

一方的に突きつけられた期限まで残り半分だ。それまでに行動しなければ有田には過去を知られた上に、所長にはとんでもない迷惑をかけることになる。

「どうしようもない、んだよ、ね……」

もう、わかっているのだ。あの日からずっと、彼女と広岡の台詞が脳裏から消えない。

……今夜有田が約束している相手は、きっと彼女だ。泊まりこそないものの、ここ一週間は連日のように帰りが遅い。

「けっこんじゅんびのはなしあい、かな。…会ったらきっときすとかもする、よね……?」

口にして、自分の下世話さがイヤになった。

ご主人さまのプライベートを詮索するなんて、家政婦としてもペットとしても駄目駄目だ。どうにか思考を振り払おうとして、なのにシーツを撫でる手が止まってしまう。

きっと香に、向けるのよりずっと優しい目で彼女を見るんだろう。香が知らない、これからも見ることのない表情で抱き寄せて、あの大きな手で、長い指で触れてあの唇でキスをして。低くて優しい声で名前を呼んで、それから――……

思考が流れていくにつれ、自分の中からどす黒いものが溢《あふ》れてくる気がした。粘りを帯びてぬめったそれは長期間かけて排水溝に溜《た》まった汚物に似て、勝手に蠢《うごめ》き出す。むくむくと膨らんで広がり裏返って、今度は香を上から押し包むように、

「おれ、はただの家政婦兼ペット、なんだってば！」

気がついたら、今敷いたばかりのシーツに手を叩きつけていた。

肩で息を吐きながら、手のひらに触れる布を握り締める。今、力を抜いたらあの汚物が溢れ出てきそうで、そのままこのベッドまで汚してしまうような気がして――あげく有田に何もかも知られてしまいそうで、それだけは厭《いや》だと心の底から思う。

「ただのペット、だから。……あいじん、でもだっちわいふ、でもないんだから、――じゃましちゃだめ、なんだって」

摑んだままのシーツ越し、手のひらに爪《つめ》が食い込んでいく。

頭を振り、頰の内側をきつく嚙んで手早くベッドメイクを終わらせた。余計なことを考えないよう仕事に没頭しているうち、明日の予定だったリビングダイニングの床拭きまで終わってしまった。

消化不良な気持ちのままで大学に出て、予定通りに試験を終える。どうにも集中しきれず、終わった後でこれだと成績は微妙かもしれないとさらに落ち込んだ。

まっすぐマンションに帰る気になれず、降り立った最寄り駅からいつもなら用がない限り

行かない商店街へと足を向ける。午後も遅い時刻だからか人通りはそう多くなく、かといって目的があるわけでもない。結局はぶらぶらと歩くだけになった。

「あといっしゅうかん、で……どう、すればいい、のかな……」

（やむを得ない理由があれば解消できるんでしょう。だったらそれを作ればいいのよ）

ぐるぐると頭の中で回るのは、あの日の有田の恋人の台詞だ。

有田有責にはできないし、するつもりもない。けれど事務所まで辞めるとなれば、相応の理由が必要になる。所長はもちろん園子だって黙っていないだろうし、何よりあのふたりは香が天涯孤独で知人も少ないのを知っている。

「よっぽどの理由が必要、だよね……いくら所長でも許せない、くらいの。三人揃っておれに愛想を尽かすくらい取り返しがつかない、ような」

小さく息を吐いた時、見覚えのある看板が目に入った。――有田に服を買ってもらった時に、パンケーキを食べた店だ。

どうせ何か食べるならと足を向けて扉についた金属製の取っ手を摑む、そのタイミングで扉がこちらに開いた。咄嗟《とっさ》に反応できず、香はその場で蹈鞴《たたら》を踏む。

「え、うわ、すみませ……っげ、」

半端に潰《つぶ》れた声に顔を上げて、思わず息を呑《の》んでいた。

目の前にいたのは、前回もここで見かけたかつてのご主人――老人と、その孫だったのだ。

視線がぶつかるなり、孫の青年は老人を隠す仕草をした。対して老人は怪訝《けげん》そうに瞬き、ようやく気付いたように彼の背後から言う。

「――きみだったのか。元気かね？」

「ちょ、じいちゃ……」

「お久しぶりです。そちらも、お元気でしょうか」

契約終了後は基本関わらないとはいえ、この状況で無視はあり得ない。なので当たり障りなく、顔見知り同士のような言葉を選ぶ。

「それはよかった。孫が失礼をしたね。怪我は？」

「ありません。こちらも注意が足りていませんでしたのでお気遣いなく。――それでは」

軽く会釈をし、突っ立ったままの彼らの傍をすり抜けるように店内へと入った。最後に目に入った孫の睨むような表情には気付かないフリで、幸いにも空いていた前回と同じソファ席に陣取る。オーダーも同じ、パンケーキと飲み物だ。

「ここってあの人たちの行きつけ、かな……そういえば、コーヒーが好きな人、だったっけ」

香と同居していた頃によく行った店と別方向なのは、あえて避けたのだろうか。そんなことをしなくても、「前の」ご主人さまの行きつけなんて絶対に近づいたりしないのに。

「あー……でも、だったらここは今日で最後の方がいい、よね。……まあ、広岡さんとここに行ったらまず来れなさそう、だけど」

二年前に「ご主人さま」だったあの男が香を連れ歩いたのは、飲み屋街や怪しげな個室がある店と、いわゆるラブホテルの類《たぐい》だけだ。

「さいしょから、そっち目当てだったたっぽかったし。またあの生活にもどる、ってことで」

短く息を吐いたタイミングで、パンケーキが目の前に置かれた。生クリームに半ば埋まるように飾られた苺《いちご》を見たまま、今さらのように思う。

——あれが、現実だ。

あの老人とは、年単位で二人暮らしをした。代理とはいえ孫と祖父の暮らしは濃密で、祖父母を知らない香にはとても新鮮だった。

仕事だったけれど、とても癒やされたのだ。代理であっても「じいちゃん」と呼べる人が傍にいることも、要望通りの悪戯《いたずら》をして拳骨《げんこつ》を落とされるのも、香が知らないことを「共通の昔話」として聞かされることすらも幸せだった。

もちろん、結局は嘘で幻想だ。事実、あの老人は香を別の名で呼びながら時折言葉を詰まらせていた。香の顔を見て、何かを堪える表情をした。彼が本当に望んでいるのは「けして香ではない」ことを、幾度となく思い知らされた。

だから、その孫から同居の希望が来たと聞いた時は素直に喜んだ。契約の解約も、当然として受け入れた。

……どんなに頑張ったところで「代理」は「代理」だ。本物には到底、敵《かな》わない。

有田に説明した時に「ダッチワイフ」と口にしたのも、「誰でもいいなら」という前提があってこそだ。「ペット」にしても同じことで、実際にかつてのご主人さまの知人から面と向かって非難されたことがある。

（あのねえ、ペットっていうのは一生面倒を見る覚悟で飼うものなの！ そのくらいの気持ちで引き取ってるの。それをあっさり捨てていいとか、気に入らなきゃ契約解消でいいとか……そんなのペットに失礼じゃない⁉）

もの凄《すご》い剣幕に気圧《けお》されて、同時に納得した。

つまり、香は「ペットにすらなれない程度の存在」なのだと。

香を置き去りにして消えた親と、引き取りを拒んだ祖父母。引き取ったものの「厄介者《やっかいもの》」扱いした叔父《おじ》。その後自ら「保護者」を名乗った男にとっても、香は「役立つなら」使ってもいい存在にすぎなかった。「仕事先」のご主人さまにしても、「役に立つかどうか」だけを重要視した。

所長や園子が気にかけてくれるのは、心底ありがたいと思う。けれど、でも彼らにとっての一番は香じゃない。「なくてはならない存在」ではなく、「一生面倒を見る」相手でもあり得ない。それは最初からわかっていたことで、だから過剰な期待や甘えを持たないように自分を戒めてきた。それが当たり前で、ずっとそういうものだとしか思って来なかった。

なのに——どうして、有田には。有田のことだけが、こうまで諦めきれないのか。

有田の傍から、離れたくない。

有田以外から、指図される謂《い》われはない。

あんな、身勝手なことを突きつけてくるような女を、有田が相手にするわけがない——。

思うたびどろりと溢れてくる気持ちは、それこそ香の「身勝手」そのものだ。

邪魔をしているのもあり得ないのも香の方だ。「仕事のやり方」を聞いているなら、厭《いと》わない方がおかしい。そんな相手と恋人が同居なんて、むしろよく耐えていると言っていい。

承知の上で、香はこの一週間を言い訳で誤魔化している。事務所を辞めず有田の傍にもいられる方法はないかと、そんなことばかりを考えている。

「じぶんほんい、って言うんだよね。こういうの」

こんなことなら、有田への気持ちに気付かなければよかった。知らないままで半年が過ぎて、次の契約に行けたならきっと——。

「もどれ、るんだったら……ぁー、でもむり、かも……」

ぽとりと落ちた呟《つぶや》きに、どうしようもなく笑いが出た。

胸が痛くて、重苦しくてうまく呼吸ができない。自分の中の、最低な部分をイヤというほど見せられた。

それなのに——じゃあ手放すかと言われても、きっと頷けないのだ。

絶対に、叶《かな》わない気持ちだ。分不相応ではすまない、おこがましいとしか言えない。きっと、誰かに知られたら笑われ、呆れられるような。

誰かの「代理」でなく、「自分の好み」に仕立てるのでなく。「好きに扱っていいペット」でもなく、ちゃんと「香」を見てくれた。真正面から、「どういうことか」と質《ただ》してくれた。

思い返せば、有田は最初からそうだった。厭そうに、それでもちゃんと「香の名前」を訊いてくれた。適当に決めて構わないと言ったのに、これまでのご主人は全員すぐそうしたのに、有田だけが「香の名前」にこだわってくれた。要望書の内容に突っかかってきた時も、その後和解した後でも変わりなく、当然のように香の「真意」を問い質してくれた――。

「で、も」

けれど、それは有田が「きちんとした大人」だからだ。香に見せてくれる思いやりも優しさも「同情」か、さもなければ「大人としての節度」に過ぎない。

だって、有田は香に「何もしない」。希望があればいつでもと最初に告げたのに、同じベッドで寝ていても一度も手を伸ばそうとしない。

「おれの身体、棒切れだし。興味ないんだよね、きっと」

恋人がいるから、相手に困っていないから手を出すつもりがない。それはきっと、「好みじゃない」という意味だ。「そういう意味での興味がない」と言い換えてもいい。

だとしたら――「捨てられたくない」なんて、それこそ香の勝手な言い分に過ぎない。

知っている、香には最初からそんな価値はない。ペットだから構ってもらえるだけ。期間限定だから許されるだけ。その枠から外れてまで、望んでくれる人なんているわけがない。

有田の恋人になりたい、なんて。夢で思うのすらおこがましいことでしかない――。

……もう、諦めよう。

滴が落ちるように、香はそう思う。

「最初から選ばれていない」のだと、思い出せばいいだけだ。有田にとって、この契約は「期間限定」の「不本意」なものでしかなく、それが途中で変わるなんて都合のいいことが起きるわけがない。万一起きていたとしても、結婚目前の恋人と張り合えるはずがない。

なのに、途中で間違えた。有田が優しいから、気遣ってくれるから、香をちゃんと見てくれるから――いつの間にか、対等でいるように勘違いをした。

間違いに気付いたなら、早々に正すべきだ。あと三か月が「身勝手な甘え」なら、それを有田にもっとも近い人が望むなら、言われた通り早々に香の方から手放した方がいい……。

「難しい、ことじゃない、よね……」

ただ、元通りになるだけだ。有田に出会う前の、「当たり前の現実」に戻るだけ。

息を吐いて、香は目の前の皿を見下ろす。フォークに手を伸ばすと、テーブルの上に置いていたスマートフォンが着信を知らせた。表示された文字は「H」――広岡だ。

ひとつ息を飲み込んで、その文字を見据える。いったん握り込んだ手のひらで、そっと拾い上げ耳に当てた。

パンケーキのてっぺんにあった生クリームが、ゆっくりと溶け落ちていく。それを見ながら、香はようやく決意を固めた。

14

要するに、「有田側の非」と「事務所側の過失」を作らなければいいのだ。その上で、「あり得ない失態」をやらかせばいい。

そして香の場合、有田だけでなく所長も確実に反応し、尚且《なおか》つ「許さない」はずの失態を作るのはそう難しくはない。

「以前のご主人の誘いに乗ってホテルまでついて行った結果、無断外泊に至った」ことにすればいいのだ。住み込みとしてあり得ないだけでなく、おそらく有田が一番嫌う行動を取ったことになる。オプションに反対しながら、それでも香の不利にならないよう要望書を作ってくれた所長だって、間違いなく失望するはずだ。

——たまたま休日だったのか、それともまともに仕事をしていないのか。短い通話を切り上げた三十分後に、広岡は香がいる珈琲《コーヒー》店に押しかけてきた。

「で？　いつ動くんだよ。あんまりトロいと彼女、我慢できないかもよ？　結婚話も順調に進んでるっぽいしなー。今夜も有田と会うとか言ってたしな」

「ずいぶん、親しいんですね……？」

まあなと嘯《うそぶ》いた広岡から「どうする気だよ」と詰め寄られて、そのまま「計画」を伝えた。妙に乗り気になった男に引き摺《ず》られてホテル入りをし、「どうせなら証拠があった方がいいだろ」の台詞とともに強引に首すじに食らいつかれた。

そのままベッドに引き摺り込まれかけたのは、それでも断固拒否した。

「そういうことは、全部終わってからにしてください。それ以上やったら大声上げますよ」

選んだホテルはビジネスで、おまけにシングルだ。壁が薄い上、他の宿泊客が廊下で話し込む声がしていたのが幸運だった。

それでもしつこかった広岡は、けれど香が本気で声を上げかけたとたんに手を止めた。

「面倒くせ。……明日埋め合わせでご奉仕しろよな」

露骨な不満顔で吐き捨てた男が出ていくなり内鍵を閉めて、香は浴室に飛び込んだ。触られた場所が気持ち悪くて、肌が赤くなるほど擦《こす》って流した。それでも落ち着かない気分のまま、今は寝間着姿でベッドの上に座り込んでいる。

「これでペット、できるのかなあ……ああ、でもどのみち仕事辞めるんだっけ。あの口ぶりだとたぶん、二年前、みたいな――ってより、もっとろくでもないこと考えて、るよね……」

自分の言葉を聞いたとたんに、寒気がした。

とはいえ、そんなの今さらだ。所長に出会ってからが恵まれていただけで、以前は相当にろくでもない生活をしていた。

レースのカーテンを引いた窓の外はすっかり暗い。目を向けた先、枕元のデジタル時計はいつのまにか日付が変わる時刻を指していて、もう有田は帰宅しただろうかと思う。

「夜食……準備してなかったっけ。おなか空《す》いてない、かな。それともまだ彼女と一緒かな」

ぱたりと転がったベッドは、おそらくセミダブルだ。

寝袋がないから、今夜はまず眠れない。布団にくるまったりしたらかえって寒くなるから、暖房をつけてこのまま転がっているのが一番いい。

シーツの上で頭を巡らせて、ベッドヘッドの方を向く。枕の横に放り出した端末は仕事用とプライベート用、どちらもここに来る前に電源を落としたままだ。

「むだんけっきん、ならぬむだんがいはく。で、けいやくいはん、で、ようぼうしょいはん、で……しょちょうとのやくそくも、ほごにした。りゅうは、まえのごしゅじんとホテルであそんでた、から」

完全な、失点だ。どこにも庇《かば》う余地がない。

眠れない夜は、どうしようもなく長い。けれど夢中になっていたことにすれば、寝不足も役に立つかもしれない。そう思ったら、何となく笑えてきた。

一睡もできなかったせいか、頭痛が酷《ひど》い。

乗り込んだ電車の窓に額をつけて、香は軽く目を閉じた。足元と額それぞれから伝わる振動は同時のようで微妙にズレがあって、そんなどうでもいいことが妙に気にかかる。

上着のポケットの中で、ふたつの端末が指に触れる。結局、未だに電源を入れていない。冷たい平面を撫でながら、有田にどう話すかをシミュレーションしていく。

上着を首元まで留めているのは、ボタンをふたつ外すと広岡がつけた痕《あと》が見えるからだ。有田や所長に「見せる」つもりではいるものの、剝き出しにする気にはなれない。

「うまくやら、ないと」

有田に呆れてもらって嫌われて事務所に行く。有田はすぐ所長に連絡するはずで、だったら少しのんびり目に移動して、開き直ったような顔で事務所に行けばいい。注意されてふてくされ気味に「もういいです、辞めます」と言ってしまえば、きっと全部が呆気《あっけ》なく終わる。

最寄り駅で電車を降りて、マンションへと向かう。合鍵を使って乗り込んだエレベーターの中、無意識に弄《いじ》っていたのかポケットの中の端末同士がぶつかって硬質な音を立てた。

もともとの仕様なのかどうか、ここのエレベーターは鍵を使うと扉を開いても通知音が出ない。有田の帰宅時に音がするのは、乗り込む前に律儀にインターホンを押してくれているからなのだと最近になって知った。

玄関先に並んでいるのは、有田の革靴が一足だけだ。磨いて片付けをと手を伸ばしかけて、けれど香は指を握り込む。契約解消になるのなら、きっと触らない方がいい。

リビングダイニングから、有田の声がする。けれど他の靴はないし、他の人の声もない。だったら電話中なのかもしれない。

電車に乗ったのが九時過ぎだったから、今は十時近くだろうか。そんなどうでもいいことが気になるのは、間違いなく「この先」が怖いから。望んでいない、から。

だからといって、後戻りはできない、から。

意を決して、香はそっと靴を脱いだ。あえてスリッパに足を入れず、音を立てないようそっとリビングダイニングのドアに近づく。有田には珍しく三分の一が開いたままのドアの向こう、姿を見る前に声が届く。

「……いや、いずれにしても契約は予定通り半年で終わらせる。継続は考えていない。この前話した通りに――」

もう一歩進むはずの足が、固まったように止まった。呼吸すらも忘れて、香は数十センチのドアの隙間を凝視する。

ああ、そうなんだ。と、やけにすんなり胸に落ちてきた。

やっぱり彼女の言う通りだったのだ。香の存在は有田にとっては邪魔で、同情と罪悪感で我慢してくれていただけだった。

だからこそ今、ここでそんな話をする。香がいないと思っているから。誰にも遠慮がいらないから。所長には本音が言えるから。

——でも、ほんの少しは。ほんのちょっとくらいは、……せめてペットとしてだけでも。好きでいてくれるんじゃないかと思っていた、のに。

ぽとんと広がった痛みに、香は初めて自分がまだ期待していたことを知る。

怒っているだろうとは、思っていた。きっと呆れていると、知っていた。そのくせ、どこかでもしかしたらと、心配してくれているんじゃないかと願って、いた……。

「事と次第によってはすぐに契約解消する。構わないな？　——ああ、それはわかっている」

通話相手は間違いなく所長だ。そしてその所長もたった今、有田の言い分に同意した。そうとしか、聞こえなかった。

「……、——」

全身から、空気が抜けるような気がした。

「ない」ものはやっぱり「ない」のだ。ただ、香が「ある」と思い込んでいただけで。「ある」と、信じたかっただけ、で。

「そ、か……」

喉からこぼれた声は、ほとんど吐息だ。けれどそれに押し出されるように、するりと思考が落ちてくる。

少し考えればわかることだ。香がいなくても有田はちっとも困らない。むしろ今度こそ、ちゃんとした家政婦を雇える。そうしたら結婚の準備だって容易《たやす》い。

「……いや、まだ連絡はない。中浦《なかうら》さんはどのあたりに？　――そうか。で、おまえは？」

続く声から察するに、所長と園子は香を探してくれているらしい。どうせクビになるにせよ現時点で従業員ならそれも当然で、だったら事務所の方に行こうと思う。

――有田に、気付かれないうちに。

身勝手なのはわかっている。あり得ない非礼なのも知っている。けれど今は有田の顔を見たくない。有田の話も聞きたくない。

そうしたら、……自分が何を言い出すか、わからない――。

物音を立てないよう細心の注意を払って、香はそろりと後じさる。辿り着いた玄関先で、スニーカーに足を入れる。とたん、ずっと震えていた膝《ひざ》が急に折れた。

「――っぁ、」

咄嗟《とっさ》に殺したつもりで、ほんの僅《わず》かに声が出る。それ以前に、ぶつかったシューズボックスが予想外に派手な音を立てた。慌てて体勢を立て直し、急いで靴に足を突っ込み踵《かかと》も入れずエレベーター扉に掛け寄って、

「――カオ⁉　おい、どこに行くっ」

声とともに、肩を摑まれ引き戻された。力で敵う相手ではなく、呆気なく振り向かされて

真正面から顔を覗き込まれた。

「無事、か。どこか怪我は？　いったい何があったんだ⁉」

凄い剣幕で言い募る有田の様子は真剣そのもので、だからこそかえって気持ちが冷えた。

この態度だって、「きちんとした大人」のものだ。連絡もなく無断外泊した相手を、実はただの厄介者で同情と罪悪感から仕方なく契約を続けているだけの人間を、「きちんと大人らしく」気にかけてくれている。

ありがたいことだと思うし、これまではとても嬉しかった。けれど今はひどく苦しい。視線を合わせるだけで下手な言葉が溢れそうで、香は辛うじて顔を背けた。「カオ？」という呼びかけに重なる形で、有田の腕を振り払ってしまう。

「おい、……？」

胡乱《うろん》そうな声で我に返って、けれどすぐに思い切る。「もういい」と、捨て鉢に思った。

「契約の終了、了解しました。これからすぐ事務所に行きます。所長に報告して手続きを急いで、早めに次の人を手配してもらうよう伝えておきます」

こんな形になるのなら、何もかもどうでもいい。というより、変に「大人の対応」をされるより本当のことを言ってほしい。

そうでないと、きっと自分は期待する。「大人の優しさ」にすがりついて、分不相応な願いを捨てられなくなる。

「無断外泊、申し訳ありませんでした。全面的にこちらの有責ということで、所長にすべて報告します。――もし詳細が気になるなら、所長から直接聞いてください」

「カオ、」

「これ以上、おれがここにいてもご不快なだけだと思います。失礼します」

言い捨てて背を向けながら、祈るように「優しくしないで」と思った。

優しくされたら、諦めきれなくなる。「大人の対応」だとわかっていても、この気持ちが捨てられなくなる。

だって、好きなのだ。こんなに好きで好きで、香にとって生まれて初めて「この人にこそ」触ってほしいと、触りたいと願った――。

「待ちなさい。どういうことなのか、説明を聞きたい。スマホは仕事用もプライベート用も電源が落ちているようだが、何があった？　岸《きし》も中浦さんも何も聞いていないと言うし、昨日の朝は夜食の準備まですると言ってくれていただろう？」

またしても、今度は両肩を取られて向かい合う形にされた。ひと息に言い切って、有田はとても胡乱そうな顔をする。いつかのように、じっと香を見つめた。

「おまえが行きそうな場所を、一晩中探した。絶対に帰るはずだからここで待てとついさっき私は戻されたが、岸や中浦さんはまだ探し回っている。警察にも、届けを出した。……事件性が薄いと、捜索はされなかったが」

告げられる内容に、「悪いことをした」と思う。迷惑をかけるのは知っていた。というより、それこそが目的だった。——だから、どうしたってここで終わらせるしかない。

「ですから、責任を取るだけです。さっき言ったように、詳しい説明は所長にします。どのみち契約解消なんですから、有田さんにここで説明する必要はありませんよね？」

そう言う自分の声が、ひどく淡々と事務的なのが不思議だった。さっきまであったはずの胸の痛みや苦しさまでもがいつのまにか凪《な》いでいて、それも妙だと頭のすみで思う。

映画かドラマを、観ているようだ。あらかじめ渡された脚本通り。最初から、決まっていた通り。

もう一度、腕を振って有田の手を振り払う。はずみで、留めていたはずの上着の襟が大きく開いた。構わず背を向けたら今度は背中から引き戻されて、反射的に抵抗したのをよそに首すじを、冷たい指で撫でられる。

「——っぁ、……」

「カオ。昨夜は誰と、どこにいた？」

耳元で、とてつもなく低い声がした。びくんと揺れた肩が再び下りていく間に、ようやく例の「痕」が有田の目に触れたのだと気付く。

そういえば、そんな仕込みもあったんだった。今さら、必要だったとも思えないが。

「以前のご主人さまに誘われて、ホテルに」

「……何？」

数秒の間合いで返った声は、先ほどよりもさらに数段は低い。右の耳朶《じだ》にかすかに感じる気配はきっと有田の吐息で、だから香から表情はまったく見えない。――なのに、今度こそ本当に「地雷を踏んだ」のがわかった。

震えが来るほど怖いのに、奇妙なくらい安堵した。

これで本当に終わるはずだ。今度こそ、有田は香に呆れて見切りをつけてくれる。直接見るのも聞くのも、きっととんでもなく痛い。きっと何年も、もしかしたら死ぬまで引き摺るかもしれない。

でも、それなら。そこまで思い知らせてもらったら、今度こそちゃんと諦めがつく……。

「……っえ、ちょ――っ、ありた、さっ」

腰に腕が回ったかと思うと、唐突に重力が大きく動いた。一瞬目を回してすぐに気付く、どういうわけだか香は有田に担がれている。爪先《つまさき》を突っ込んだはずの靴が音を立てて玄関に落ちて、それを待っていたように視界が動く。呆気に取られているうちに、香は馴染《なじ》んだリビングダイニングの、有田の定位置のはずのソファの上に下ろされていた。

有田が背を向けた隙に、すぐさまソファからドアへと向かう。けれど悔しいほどあっさり捕まって、またしてもソファの上に落とされた。押さえつけられもがいている間に、有田が手にした端末を操作する。先ほどと同じおそろしく低い、つまり不機嫌丸出しの声で言う。

「今、戻ってきた。悪いが警察に連絡を頼む。――様子がおかしいからこちらで事情を聞く、終わったら連絡する。……ああ、見た目には一応、無事だ。話が終わるまで私の方も電源を落とす、来てもいっさい応答しないからとにかく待て」

一方的に言い切ったかと思うと、素早く操作して端末を放り出した。ソファ前のローテーブルの上、響いた音の硬質さに傷がついたんじゃないかと他人事のように思う。その様子が気に入らなかったのか、顎を摑まれ強引に有田と向き合う形にされた。

「それで？　何がどうしてそうなったのか、こちらにわかるように説明しなさい」

「……久しぶりにお会いして、盛り上がりました。一応、二十三時前には戻るつもりだったんですけど、ずいぶんご無沙汰《ぶさた》でしたし？　夢中になってて、気がついたら夜中の四時過ぎだったんで。すぐ帰ることも考えましたけど、何しろ疲れて眠かったので」

しらりと答えた香に、けれど有田はさらに眉根を寄せる。

「仕事以外では誰の相手もしない、と言っていなかったか」

「仕方ないじゃないですか。前のご主人がご高齢で、次が有田さんだったんで長く誰ともしてなかったんです。最初の頃に言いましたよね？　おれ、誰かとスルの大好きだって」

「カオ、」

「やっと頭撫でてくれるようになって、ハグもしてくれて。添い寝までしてくれたのに、有田さんはその先はしてくれないし？　まあ、おれの身体なんて貧相だし棒っきれみたいなもんだし、美人の婚約者がいたらなーんの興味もないのも無理もないと思いますけど？」

電車の中でシミュレーションしていた通りの言葉が、勝手に口からこぼれていく。それを聞きながら、自分でもイヤな言い方だとつくづく思った。

案の定、有田はわずかに目元を眇《すが》めた。さすがに図星だと表情が変わるんだと、これも他人事のように思う。

「オプションは、双方の希望次第だと言っていなかったか」

「だから無理強いしてないですよね。でもおれだってこれでも男です。したい気分の時はあります。そんで、誰かいないかなーと思ってたら偶然会って誘われたんで」

「偶然、ね。──だから自分も応じたと？」

「そんなとこです。あ、でも帰るつもりではいたんですよ。一回か二回で終わると思ったんですけど、予想外に向こうがしつこいっていうか、まあこっちも久しぶりだったんでつい乗ったっていうのもあるんですけど。いい加減、発散しておきたかったんで」

「おまえを適当な名前で呼んだ相手でも、誰かの代理にしたヤツでも構わなかったと？」

「相手が誰だってヤルことは一緒ですよね」

唸《うな》るような声音が、どうしてか作り物みたいに聞こえた。それがやけに硬質に響いたせいか、答える香の声が妙に浮くのがわかる。

「……つまり、相手は誰でもよかったと？」

有田の声音が、さらに低くなる。鋭利な刃物を思わせる響きに少しばかり怯《ひる》んで、けれど同じだけ反発した。

「それ、有田さんに関係あります？　家族じゃない友達じゃない、当たり前だけど恋人でもない。一時的な契約で一緒にいるだけですよね？」

嫌いなら、そう言ってくれたらいい。呆れたでも、失望したでもいい。とっとと愛想を尽かして放り出して、できれば存在そのものを忘れてほしい。

「有田さんて、そういう意味ではおれに全然興味ないですよね？　……あー、でも一週間前の夜に酔っ払った時に誰かと間違えてキスしたあげく、ベッドに連れ込んでくれましたっけ。もっともそのあと熟睡しちゃったんで見事な肩すかしでしたけど。期待して損しました」

言い切って、香は肩を押さえたままの有田の手に指をかける。

「いい加減、離してください。契約解消するんなら、おれと有田さんは無関係です。こんなふうに構われる理由も、ましてや詮索されるいわれもありません」

「……、――」

「契約解消すれば、二度と会わなくてすむんです。お互い清々するんじゃないですか？」

自分の声を聞きながら、心底イヤなヤツだと感心した。見事なくらい、相手の神経を逆撫でする言い方だ。

「――……期待させておいて、肩すかしか」

ややあって聞こえた声に、先ほどとは違う響きを感じて身体が逃げた。ただ低いだけでなく、刃物が潜むだけでなく。肌が竦むような、気持ちが縮むような。底冷えのするような。

「ぁ、……」

辛うじて開いた口が言葉を発する前に、いきなり腕を摑んで引っ張られた。我に返った時はまたしても香は有田の肩の上にいて、大股《おおまた》に歩くたび動く視界に瞬くだけになる。

玄関先から、放り出される。そんな予感に安堵して、同時に奈落の底に落ちた心地になる。すぐにエレベーターに乗って駅まで行って、電車で事務所まで。いや、それともタクシーを拾った方がいいだろうか。その前に、まずはちゃんと靴を履かないと。

そう、思ったのに――些《いささ》か乱雑に下ろされた先は予想外にも有田のベッドの上だ。

何が、と思う前に、上から身体ごと押さえつけられる。我に返って暴れてみても、体格差のせいかびくともしない。イヤな予感に心臓が走って、必死に抵抗するさなかに、

「だったら今すぐ、期待に応《こた》えてやる」

「……っぅ、――ン、っ」

食らいつくようなキスで、呼吸を奪われた。突然の、あり得ない事態に無防備になった歯列を割られ、いきなり奥深くまでまさぐられ搦《から》め捕《と》られる。上顎から下顎を強引に探り、頬の内側を抉《えぐ》って歯列をなぞっていく。

「う、……ン、ん……っ」

逃げようにも、顎は摑まれ完全に固定されている。手足をバタつかせてみても重なった長身が動く気配はなく、むしろ空いた方の手で両の手首とまとめて頭上で戒められた。

容赦の欠片もない、キスだ。まるで、香がどう反応しようが——何を思ってどう感じようが、どうでもいい、みたいな。

「——ンゃ、……つぅ、や、だ、やめ」

さんざんに口の中をなぶった唇が、いきなり喉に落ちる。肌の上を撫でるように動いたかと思うと、首の付け根に痛みが走った。思わず竦んだ身体を、けれど逃がさないとでも言うようにきつく抱き込んで、顎のラインを辿るように耳朶へと移っていく。

大好きな、人からのキスだ。きっと、もう二度とこんな機会は来ない。

だったら喜べばいいだけだ。契約解消して事務所を辞めて広岡のところに行ったら、おそらく物理的にも二度と会う機会は来ない。万一の機会があっても、数メートル先にいるとわかっても、まず姿を見ることとしか叶わない。

だったらせめて、最後に。一度だけでいいから。確かにそう、思うのに。

「や、め——や、だ！　有田、さ、……っ」

それでも可能性がゼロではない。万にひとつどころか、億にひとつの可能性だとしても。

もしかしたら遠目でも目が合う時が来る、かもしれない。

「こんなの、イヤ、ですおねが」

でも、このまま流されてしまったら。気まずいままで終わってしまったら——きっと、香は兆にひとつの可能性に出会ったとしても、二度この人の目を見られなくなる。

ただの勢いで、売り言葉に買い言葉の果てに最後までしてしまったら、有田は絶対に後悔する。だって、この人は「ちゃんとした大人」だ。香みたいにどうしようもない厄介者を、ちゃんと「香」として尊重してくれた。「大人として」心配して、怒ってくれた。

香の我儘《わがまま》で、この人を後悔させたくない。いつかの未来に、あるかもしれない機会が巡った時に。ほんの一瞬だけの、「あるかもしれない」チャンスを潰したくはない。

香の、せいで。この人に、イヤな思いをさせたくない。きっとすぐに忘れるだろうけれど、それが一番だと思うけれど——それでもほんのしばらくは残るはずの「香の記憶」の中に、「後悔」なんて気持ちを残してほしくない。

「だ、って、すき、なのに……っ」

こんなにも好きなのに。初めて好きだと思った人なのに。

いくら最後でも、身体や心の一部が望んでいても——そこに、有田の気持ちは欠片もない。それでも進んだ果てに残るのは、きっと底のない後悔だけだ。

気持ちなんかなくても、気持ちよければいい。その時だけ感覚を共有して、安心できたら十分。今までの香はそれが「普通」だった。唇を重ねるのも肌を合わせるのも仕事のうちで、生きていくためには不可欠で、それがあるからこそ「ここにいても大丈夫」だと思えた。

「誰か」に構ってもらうことが、「誰か」の体温を感じることが唯一の安心で、だから「その時」だけで十分だったのだ。それ以上はあり得ないと、望めないと知っていたから、「その時」だけでもひとりじゃないと感じられたら贅沢《ぜいたく》だと思っていた。

「う、え……っ——ふ、」

いつの間にか滲《にじ》んでいた視界が、どうしようもなく決壊する。泣くのは嫌いなのに、泣いても無駄なのに、叱《しか》られて疎まれ押しのけられるだけで、だからもう泣くのはやめると十年以上前に決めていたのに——自分でも、どうにもならなかった。

いつのまにか、上になった有田が動きを止めていた。彼の顔は香の耳元に埋まったままで、そこから聞こえる吐息にさえ追い詰められていく気がした。

「期待、させないで、くださ——も、諦めるから、っ……っもう、絶対邪魔したり、しな——」

「……カオ」

ゆるりと顔を起こした有田に、真上から見下ろされる。互いの鼻先はほんの数センチの距離でしかなくて、そのせいか彼の吐息が頬にかかる気がした。そんなに近いのに顔がよく見えないのは、香の視界が完全に壊れているせいだ。

もう一度、寄ってくる気配に思わず首を横に振る。譫言《うわごと》みたいにこぼれる声を自分で拾ってみて、初めてそれが拒絶ではなく告白になっていたのを知った。

「ご、めんなさ――す、ぐきえる、から……も、ここに来ない、から……にどと、会おうなんておもわない、からっ」

「カオ」

落ちてきた声が、宥めるように低い。その響きがやけに優しく聞こえて、涙腺《るいせん》がさらに馬鹿になった。破裂した水道管みたいに溢れて、どうやっても止まりそうにない。

「め、いわくなの、知って、ます、どうじょう、だけなのも、ちゃんと、わかりまし、た、もう、あまえたり、しませ――じむしょ、もやめ、て、どっか、ちがうとこ、に」

「――……カオ」

ため息めいた声とともに、さらに気配が近くなる。こつんと額に何かが当たって、けれどその意味が理解できない。瞬《まばた》きすればきっと視界は戻るのに、どうしても瞼が動かない。

有田の顔を、見るのが怖い。この声で迷惑だと、困ったと言われたら悲しい。気持ち悪いと、顔も見たくないと言われたら――きっと、この場で気持ちが死んでしまう。

全部が全部、我が儘だ。思い知って瞼を閉じたとたん、溜まっていた滴が眦《まなじり》からこめかみへと落ちていく。追うように動いた優しい指が、涙の痕を辿るみたいに眦を拭《ぬぐ》っていった。

「カオ。……目を、開けてくれないか」

言われて、反射的に小さく首を横に振っていた。

かすかに、息を吐く気配がした。呆れられた、落胆された――そんな確信で全身が竦む。

すぐに起きてここを出ていくべきだと、ちゃんと謝るべきだとわかるのに、今のこの状態を壊すのが怖い。こんなことは初めてで、どうしたらいいのかわからない。

「ご、めんなさ、……」

やっとのことで発した声は、自分の耳にも中途半端にしか聞こえない。きつく目を閉じているのに、壊れた涙腺がまた涙を溜め始めたのがわかった。

溢れて流れかける前に、眦に何がが触れた。びく、と跳ねた肩をそっと撫でられたかと思うと、今度は逆側の眦に同じ感触——体温が落ちる。

小さく響くのは、リップ音だ。「仕事」で経験はあるから間違いない。この感触も体温も全部、誰かがキスを落とした証拠、で。

「カオ」

声とともに、眦を撫でられる。反射的に瞬いてしまって、その拍子に至近距離にいた有田と目が合った。ぶつかった視線を今度は逸らせなくなって、香は唇を引き結ぶ。そうでもしないと、壊れた涙腺を堰《せ》き止められない気がした。

「……カオ」

それだから、低く囁《ささや》いた有田が顔を寄せてくるのがはっきりわかった。

無意識に竦んだ首を、そっと指で撫でられる。もともと弱い箇所への刺激に、どうしようもなく呼吸が詰まった。それを見透かしたようなタイミングで、そっと——ついさっきまでのとは比べものにならないほど優しく、呼吸を奪われる。

瞬間安堵して嬉しくなって、けれどすぐに駄目だと思い出す。慌てて首を横に振ったはずが、いつの間にか左右から後ろ首を固定されていた。逃げ場のないまま繰り返し落ちるキスは、けれど何故か香の唇を撫でていくばかりだ。

「期待していい。――むしろ、して貰《もら》いたい」

「……え、」

「どこにもやりたくない。どこにも、やる気はない。迷惑だと思うなど、あり得ない」

続く低い声音は間違いなく有田のもので、けれど訥々《とつとつ》とした物言いは全然らしくない。それが意外で驚いて、いつの間にか閉じていた目を見開いていた。鼻先が触れる距離でぶつかった視線の強さにたじろいで、けれどどうしても逸らせない。

「カオが、大事だ。傍に置いておきたい。……すまない、うまく言葉が出ない、が」

もう一度気配が寄ってきて、額同士を押し当てるようにされる。目元に落ちた影と、おそろしく近い視線とはっきり聞こえてくる吐息と――もう馴染んだ匂いと。その全部が、ひっくり返ったような心地になった。

「好き、なんだ。だから、ここにいてくれないか」

「う、そ……だ、っておれ、だんしょう、で。おとこ、で」

「だから?」

やっとのことで絞り出した反論は、けれどたったの三音で否定された。囁くように声を落として、有田は静かに続ける。

「香の仕事のことなら、もう知っている。男なのも、わかっている。――その上で、好きだと言っているんだが。厭、なのか……？」

わずかに首を傾げて問う有田の顔は、すっかり香の急所になった「しょんぼり」だ。

驚きすぎて呼吸が止まって、それでも反射的に首を横に振っていた。

「や、じゃな――で、も。い、いんです、か？　だ、って、おれ」

「イヤなことをわざわざ望む趣味はない。カオなら知っているはずだな？」

当然、とばかりに返った声が、ワンテンポ遅れて意識に届く。いったん止まっていたはずの涙が、またしても奥から溢れてきた。

「う、……え、っ」

カオ、と呼ぶ声がする。優しい手が、宥めるように頬やこめかみを撫でていく。歪む視界に必死で目を凝らしたら、困り顔の有田がじっと見ているのがわかった。

考える前に、身体が動いていた。伸ばした両手をおそるおそる有田の首に回して、咎《とが》められないことに安堵する。むしろ応えるように腰ごと抱き込まれ、啄《ついば》むようなキスをされて、今度こそ手放しで泣き出してしまっていた。ぎゅうぎゅうに抱きついて眦が痛くなるまで泣いて、その間ずっと頭や頬を撫でたり肩をさすってくれる手の体温を感じていた。

「——、あ、の」

ようやく落ち着いた頃、完全に引かない嗚咽《おえつ》を嚙みながら、それでも香は有田を見る。

——どうしても、確かめたいことがあった。

「ありた、さ……彼女と、けっこんの約束、って……」

「さっきも言っていたが何の話だ。そんな予定は以前にも、この先もまったく存在しないが？」

「え、……えと、だって。このあいだ、わざわざ」

即答に怯んで、けれどどうにかそう言ったら、長い指で眦を撫でられた。ヒリつくような痛みに瞬く間に、そろりと有田が身を起こす。ずっと上にあった重みが消えたことにほっとすると同時に、物足りなくも寂しくなった。

無意識に見つめてしまったらしく、有田が苦笑する。

「とりあえず座るか。……昼間だしな」

意味はよくわからなかったけれど、話の先が気になった。差し出された手にひどく優しく引き起こされて、ここに入った時とのギャップにどきどきする。ベッドの上、向かい合って座り込む形で、まっすぐに有田を見上げた。

「その言い方だと、彼女と話したのか。おまえから行くわけもなし、向こうから来た？　念のため確認するが、初回の買い物の時の？」

「そ、です。えと、名前は聞かなかったです、けど」

何度も頷いた頬に、大きな手のひらが触れる。じわりと伝わってくる体温が嬉しくて、勝手に顔が緩んでしまった。それが面白かったのか、指先で軽く頬を摘まれる。

「つきあっていたことは事実だが、結婚の前提は一切ない。昨夜別れたしな」

「わか、れ……？」

「話そのものは半月前からしていた。確かに拗《こじ》れてはいたが……悪かった。そちらに皺寄《しわよ》せが行くとは思っていなかった」

「しわよ、せ」

おうむ返しをして、香はふと視線を落とす。

ひんやりしたものが、背中から落ちてきたような気がした。今の今まで浮かれ喜んでいた鮮やかな色の中に突然墨汁が落とされた、みたいな。

「でも、……あの人が言ったのはほんとうのこと、です。おれ――有田さんがすき、ですけど。ふつりあいなのはたしか、で」

「どうしてそう思う」

「おれのしごとのやり方は、男娼って言われても否定できません。それに――ずっと前の、それこそ子どもの頃からおれ、人には言えないようなこと、を」

（その年で男娼までしないと生きていけない子なら）

（おまえの過去とか彼女も知ってるし？）

いつかの、彼女と広岡の台詞を思い出す。

人の気持ちは、変わるものだ。昨日まで優しかった人が、笑顔で挨拶してくれていた人が、香の「噂」を知ったとたんに知らん顔をする。汚いものを見るような目を向けられ、あるいは下卑た視線であり得ない誘いをかけてくる。そんなこと、いつでもどこでも起きている。

所長に引き取られてからは格段に減ったものの、完全になくなったわけではない。

いいとか悪いとかではなく、それが人の「性《さが》」だということだ。自分と「違う」ものを忌避するのはきっと本能に似ていて、だからこそ「特殊」な香はあちこちで弾かれる。実際のところ所長に引き取られて以降一番困ったのは周囲との、いわゆる「常識の違い」だった。

幼い頃の環境は自分で望んだわけじゃないし、自分でどうにかできることでもない。それでも事実は変わらないし、自分の過去を「なかったこと」にはできない。

だから、有田には知られたくなかった。できることなら隠したかった。

でも、もうそれも無理だ。ここまで気持ちを寄せてもらって、本来あり得ない距離を許されて、それでも黙っていたらきっと、いつか必ず破綻する。

だって広岡は知っている。所長以上に、香の過去を把握しているかもしれない。

――いつ、有田にバラされるか、わからない。

知られた後で拒絶されるより、今すぐ駄目になった方がいい。始まったかどうかも微妙な今なら、まだ有田の言葉を信じ切れない今なら、少し時間がかかったとしてもきっと諦めがつく。有田だって、「気の迷いだった」ですませることができるはず。

「おまえの境遇が、通常とは言えないことなら知っている。ここでの仕事の初日に自分で言っただろう。後ろ暗い過去がないとは言わないが前科はない、だったか」

「あー……えと、でもそれだけ、じゃあ」

「うちに来て一か月目に倒れた夜、ずいぶん魘《うな》されていたな。今だから言うが、あの時医者には私が虐待したんじゃないかと疑われた。実際それに近いことをやらかしていたわけだが、あの時のおまえを見ていれば、そういう過去があるらしいとは察しがついた。……要望書の内容だが、基本的にすべての選択肢がこちらにあるのは『ペットだから』というだけでなく、慣れていないからだろう？　『自分で選ぶ気がない』のではなく、『自分で選んだことがない』。もっと言えば、『自分で選ぶことは許されない』と、自分で思っている」

整然と告げられた内容に、香は声もなく有田を見つめる。

気のせいでなく、有田の視線の色が変わる。もう一度、そっと頬を撫でられた。

「ただの我慢というレベルじゃない。面倒で放棄しているわけでもない。それは見ていればわかった。だったらおよその予想はつく。もちろん、すべて理解できるとは言わないが」

「……、──」

「それと、これは懺悔《ざんげ》と言うか──お互いさまと言うにはおこがましいんだが。岸によると、そもそも私にはおまえのその『男娼』を責める資格がないんだそうだ」

思いがけない言葉に、「え」と瞠目《どうもく》していた。

香の反応に、有田が苦笑を深くする。短く息を吐いて言う。

「彼女とは結婚の前提がなかったと言ったろう。正直、他人への関心よりも面倒の方が大きくてな。結婚以前に、特別な相手を作る気がなかった。むしろ、無用だと思っていた」

香が感じた通り、そもそも有田はパーソナルスペースが広いのだそうだ。他人に詮索されるのが嫌いだし、人間関係での好き嫌いも多い。イヤとなると徹底的な上、よほどのことがない限り一度こうと思ったら変わらない。

だから「恋人」はそれなりのスパンで入れ替わっていた。おまけに「互いに割り切った関係」ということもあって、「終わりかけ」と「始まり」の同時進行になる時期もあったとか。

「カオが言う『後ろ暗い』部分は、カオが未成年の頃のことだ。それをカオのせいだとは言えないし、言うつもりもない。今のカオは家政婦としてきちんと働いているし、特殊ではあってもカオなりの信念や矜持《きょうじ》がある。……それに、カオは期間限定の契約内オプションであっても、いっさい余所見《よそみ》をせず相手のことだけを考える。結局自分のことしか考えない私と、どっちが適当で不誠実だと思うのか、とね。だから、そういう意味では私には、カオの過去をどうこうは言えない」

「え、……や、えと、でも、おれの、は」

「他は？　それだけですむとは思えないが……無断外泊の発端は彼女で間違いないいな？」

こうなっては、隠しても無駄だ。観念して、香は小さく頷いてみせる。

頬を撫でていた有田の手が、ふと動く。顎のラインを先まで辿った指が喉に落ちて、不意打ちのように首の一点を押さえた。

「それで、――彼女のこと以上に気になっているんだが。ここに痕をつけたのは誰だ？」

「え、……あ。――えと、その」

「様子を見る限り、さっきおまえが言った一晩中云々《うんぬん》は嘘だとは思うが。……それで間違いないな？」

いきなり鋭くなった問いと視線に、無意識にびくんと肩が跳ねた。直後、狙《ねら》ったようなタイミングでインターホンが鳴り響く。

珍しく露骨な不機嫌顔になった有田が、構わずもう一度香に向き直る。それを見てでもいたように、続いて二度、三度とインターホンが連打された。

舌打ちをした有田が、おもむろにベッドから降りて部屋を出ていく。それを見送りながら、これは助かったのか、それともさらなる蟻地獄《ありじごく》の前触れなのかと真剣に悩んだ。

15

結論から言うと、来訪者は当然というか、予想通りの所長だった。

「待ても何も、無事とかいう一言だけで安心できるわけないだろ！　言っとくけどねえ、今は有田んちに預けてるだけで、カオくんは本来うちの子なの！」

玄関先での宣言を聞いてまで座り込んでいるわけにもいかず、香は急いでベッドを降りた。微妙にもつれる足を持て余しながら、ドアを開けて廊下に出る。

有田の私室は、玄関にほど近い。なので当然のことに、エレベーター扉前でキレていた所長に速効で見つかった。即座に「報告連絡相談は？　我慢忍耐根性は絶対禁止って前の時にあれだけ言ったよね⁉」という説教を浴びせられ、その後は「とりあえず三泊四日分の服と身の回り品の荷造り」を命じられる。

数分で荷造りを終えた後は、言いつけ通りにリビングダイニングに出向いた。今はソファの上で正座をして、おとなしく所長と有田の話を聞いている。

どうやら有田はベッドでの問答で、およその状況を読んでいたらしい。ついでに広岡の関与についてもバレていた。ついでとばかりに所長の追及を受けて、首の痕をつけたのがあの男だが「それ以外は何もなかった」ことを白状させられた。

所長のこめかみには青筋が浮いているようだし、平然と見える有田もいつになく目つきがきつい。それも当然自業自得とおとなしく叱られる覚悟をし、時折向けられる問いに素直に答えていた——のだが、何故だかふたりとも香を見る時だけ顔つきを変えてしまう。

そこにあるのは少しの呆れとわずかな怒りと、……たぶん「やるせない」という気持ちだ。

所長の一言で、初めてそれと理解した。

「何で言ってくれないかなあ……電話が無理ならメールでもよかったのに」

申し訳なさに「ごめんなさい」と口にしたら、あっさりと「ちょっと許せないかな」と言われた。予想外なのに予想内という矛盾した心情でぐっと奥歯を噛んでいたら、結構な威力のでこピンを食らってしまう。

「カオくん、しばらく謹慎ね。もうじき園子が来るから一緒に事務所に行ってて」

「おい。だから、事務所といわずにここでも」

「それだと無防備すぎるでしょ。うちの上の方が目が行き届くよ。園子も気にしてくれるし、安全でしょ。気になるなら会いに来れば？　別に有田だったら面会拒否したりしないよ」

有田の言い分は一蹴《いっしゅう》され、香はその十分後には言葉通り「迎えに」来た園子に連れられて、事務所が入ったビルの上階にある所長宅に移ることとなった。

「謹慎」という言葉に相応《ふさわ》しく外出は禁止だ。いくらか残っていた後期試験日程だけは送迎つきで出してもらったものの、レポート提出は園子に託すこととなった。それというのも、

「所長、本気で怒ってたもんねえ」

「そ、……うなんです、か？」

有田宅から所長の部屋に移って、今日で四日目になる。

大学に出た二日前以外は籠もっていたため、「じゃあ所長と園子さんの昼食は作ります」

と自分から申し出たのだ。「昼休憩に持って行きます」という追加の言い分は速効で「いや、自分たちが上がるから」と却下されたため、本日も三人で所長宅にてランチとなった。

今日のメニューは昨夜から煮込んだカレーで、ついさっきまで所長もここでお代わりしていた。何やら用事があるとかで、食べ終えた早々に出ていってしまったが。

「えと、でも昨日帰った時も、今朝出かける時もいつも通り、でしたけど」

「カオくんがいるからでしょ。今の所長、三食昼寝つき……もとい三食カオくんつきだし」

「……おれ、亡霊でもキツネでもないです、けど」

「知ってる。兎だもんね」

「や、ちょっと園子さん……」

園子が教えてくれたところによると、香が「謹慎」している間に所長が広岡と、有田が彼女と話をつけているのだそうだ。ちなみに優勢なのはいずれも前者なのだとか。

「だって、広岡さんて二年前のアレ以来所長のブラックリストの定番上位だもん。打ち切りにした直後にまた依頼があって、所長が即答で『金輪際お受けしません』ってお返事したのにその後も割と定期的に？　ほとぼりが冷めるのを期待してるんだなーってタイミングでカオくん指名の依頼してきてたのよね。ここ一年は名乗られた瞬間にお断りしてるけど」

「え、ここ一年もあったんですか？　でもおれ、全然」

「だって必要ないでしょ。っていうか、あれだけ所長の地雷踏みまくってたのに今回わざわざ逆鱗《げきりん》ひん剝きに来るとか、もしかしてマゾっ気でもあったのかもねえ。あとカオくんも素直に騙《だま》されすぎ。バレたら困るのはどっちかくらい、よーく考えたらわかったでしょうに」

「う、……でもオプションに関しては」

「所長曰く料金が発生しない、契約外の自由恋愛でしょ。要望書にだって双方合意必須、不本意または一方的な搾取は駄目って明記してあるし。あと、恋愛自体は相手が未成年でも問題ないけど、大人の階段上っちゃった場合は成人に責任が行くの。二年前のカオくんは未成年だったんだから、要望書を盾にされたところでそこに言い訳が立つ道理はないわけ」

思いがけない言葉に、思わず瞬いていた。

「そ、……うなんです、か？　え、でもおれ、広岡さんとこで仕事してる時によく、誘ったのはおまえの方だとか言われ――」

「カオくんよく考えて。それって痴漢する男の言い分そのまんま」

「……ぁ」

「要望書って、そこも考慮して作ってあるのよ。広岡さんとの契約がいきなり打ち切りになった原因はカオくんの扱いが尋常じゃなくおかしいからで、所長はそのへんの証拠もばっちり押さえてるから、暴露されたとしても自爆するのはあっち。だからって、実際に自爆されると確実にカオくんにも火の粉が飛ぶでしょ？　それは避けたいからって堪えて堪えて穏便にすませてきたのに今回の件が起きたから、あそこまでお怒りになってるの」

畳みかけられて、ぐうの音も出ない気分になった。

「う、反省、しま」

「うん、カオくんに足りないのは自覚よね。所長が怒ってる方向って、カオくんを何だと思ってんだふざけんな、だよ？　で、カオくんに対しては何も相談してもらえなかったって方向でしつこく落ち込んでる。いつになったらウチの子になってくれるのかな、って」

「え、」

「ひとりで頑張る、ひとりで何とかする。カオくんがそういうたちなのは知ってるし、そこが長所でもあるとは思うの。でも、それにだって限度はあるでしょ。明らかに自分の手に余るんだったら所長か、せめてわたしに言ってくれないとー」

「えと、でも、それじゃ迷惑……」

「迷惑かどうか決めるのは、わたし本人か所長。そこをカオくんが決めちゃ駄目。わたしとカオくんの手に余るなら所長の手を借りればいいし？　所長の手を借りても無理ならその時こそどうするか考えればいいの。世の中、お互いさまの持ちつ持たれつなんだから」

うんうんと頷きながら、園子は一階で買ってきたというデザート——いわゆる洋菓子店の箱を開く。中身を香に見せつけて、「どっちがいい？」と訊いてきた。

「いえ、園子さんがお先に」

「謹慎中のカオくんへのお見舞いだから、決めるのはカオくんが先」

「ありがとう、ございます。ご馳走《ちそう》になります。……じゃあ、プリンいいでしょうか」

はーい、と答えて腰を上げた園子が、勝手知ったるとばかりに取り皿とスプーン・フォークを手に戻ってくる。席につくと、きれいな層を描くティラミスにとフォークを入れた。

「あ、でも所長の方はもうじき決着がつくみたいよ。有田さんはとっくに一段落したんだっけ？　今日も、っていうか毎日カオくんに会いに来てるんでしょ？」

「う、……はい、あの後すぐ、直接会って話をつけた、って」

「暴走する元カノかあ……もー少しゴタついて困り果ててもよかったのに。って、でもそれでカオくんに皺寄せが行くのはナシよねえ……」

悩みどころに悩んでいる園子は、どうやら未だに有田への不信が拭えずにいるらしい。

噂の有田はあれ以来、必ず日に一度はここにやってくる。露骨に言っていいのなら、香の顔を見るため「だけ」に顔を出す。

……正直に白状すると、こちらに移ったその夜には「もしかして、有田さんの『好き』って全部自分の夢か都合のいい勘違いじゃあ」という心境に陥った。けれど翌日に当然のようにやってきた彼が、所長の目を盗むように香にキスをして、「急いで終わらせて迎えに来る」と言ってくれたのだ。毎日会いに来て短時間でも構ってもらっているから、「まさか夢」とはさすがに思わなくなった。

その時、同席していることが多い所長が、何だか生ぬるい顔で見ている気がする、けれど。

毎回タイミングを計ったみたいに「ふたりきり」になっている気もする、けれども。

「あ、もう事務所に戻らないとだ。じゃあ、カオくんまたね」

「はい。えと、プリンご馳走さまでした。明日のお昼って何かリクエストあります？」

「できればだけど、オムライスだと嬉しいかな。でも無理はしなくていいからね」

にこやかな笑顔で帰っていく園子を見送って、香は昼食分の片付けにかかる。

はじめてだから、どうすればいいかわからない。

……似たようなことを有田も言っていたけれど、香も全力で同意したい。真面目に、どうすればいいのかわからない。

所長にバレているとして、こっちはわかっていないフリをすべきなのか。それとも観念して自己申告すべきなのか。

園子に気付かれないよう、細心の注意を払った方がいいのか。いやでも所長にバレているのなら、いずれ必ず芋蔓式《いもづるしき》に……そうでなくとも香の反応で、バレてしまいそうな気がとてもする、のだが。

何しろ男同士だ。聞かない話ではないけれど、よくある話とも言えない。

自分だけのことなら、それこそ所長と園子にさえ否定されなければどうだっていい。けれど今回のは香だけでなく、有田も当事者になるわけで。香にとっては恩人で上司の所長も、有田にとっては友人か知人になるわけで。

「ありたさんに、相談したほうがいい、よね……？」

そんな悩みでぐるぐるしていたこととは無関係なはずだけれど、終業時刻には早い夕方に顔を出した所長から「今日有田が迎えに来るから荷物まとめときなね」と言われた。

「え、……きょう、ですか。いきなり、ですね……？」

「僕は明後日《あさって》でもいいんじゃないかって言ったんだけど、本人がねえ。カオくんがいないと生活に支障出てるんじゃない？　あ、それと有田との契約の件、何か聞いてる？」

「いえ。でも、その……有田さんが継続する気がない、ていうのは。あれ、でもあの時確かすぐ解消するとか何とか……？」

思い出して首を捻《ひね》っていると、所長が「おや」と眉を上げた。

「それ、無断外泊の朝の電話？　そういや聞いてたんだっけ？　有田の言い分だけ。で、その顔だとちゃんと説明されてないよね？」

「せつめい、」

むしろそれ以前と言うべきか、会話の内容すら正確には知らない。ただ。思い返してみればやっぱり気にはなる。むう、と顔を顰めていたら、所長は面白いものを見たような顔をした。

「ひとまず当初の予定通り、半年は継続確定。その先は、状況次第ってとこかな」

「じょうきょう、しだい……？」

「不確定要素が大きいんだよね。カオくんの意向もだけど、有田がどう出るかっていうのもあるし。僕は僕で、一応思うところがあるし？　何しろカオくんはまだウチの子だから」

「ふかくてい、ようそ」

つまり「未定」ということか。所長にしては珍しい物言いについ首を傾げてしまった。

「でも要望書は作り替えるよ。これは確定」

「作り替え、ですか？　あ、今後トラブルが起きないように……？」

「それもあるけど、その前に確認。カオくん、今後もあのオプション継続したい？」

唐突な問いに、瞬間返事が出なかった。そんな香をまっすぐに見据えて、所長が言う。

「今回の件はとりあえず無事片付いたから、カオくんがまたあの連中と会うことはまずないと思う。っていうより向こうが無理だろうねえ。物理的にもだけど、精神的にも。けど、だから作り替えるのとはちょっと違っててね」

「どう、違うんでしょう……？」

今ひとつ意味がわからず首を傾げていたら、最初怪訝そうだった所長までが妙に考え込んだ。ついには鏡みたいに首を傾げ、珍しく窺《うかが》うように言う。

「もしかして、よく意味がわかってない？」

「えと、はい、たぶん？」

「なるほど、ちょっと早まったかも。もとい、有田って意外と朴念仁《ぼくねんじん》？　――まあいいや、別に急ぎじゃないし。僕は全然、困らないし」

眼鏡の奥で眉を寄せて息を吐いたかと思うと、改めて香を見た。

「じゃあカオくんに課題。有田との契約が終わる一か月前まで、だからあと三か月かな。それまでに、自分なりに結論出せるよう頑張って。今のところはそれでいいよ、一朝一夕で決めることじゃないしね。文句や苦情が出たところで、後手に回った有田の自業自得ってことで」

「えと、しょちょう……？　有田さんが、何か」

納得した素振りで頷く所長に、妙な不安を覚えてしまった。思わずじーっと見上げていると、所長がわざとらしく自身の腕時計に目を向ける。

「あ、そろそろ時間だ。ってことで僕はこれから外で打ち合わせなんだけど、帰りが未定なんだよね。待たなくていいから、迎えが来たら一緒に帰るといいよ」

また連絡するからと最後に言い置いて去っていく所長は、まさしく嵐のようだ。

「にげられた……？」

生意気な言い分かもしれないが、香はその時本気でそう思った。


所長の予告通り、有田は十九時過ぎに迎えに来た。

事前のメールを受けて荷物ごと玄関先で待っていた香は、インターホンが鳴った五分後にはビルに近いコインパーキングに停まった車の助手席に乗り込んでいた。

時間が時間だからという有田の主張で、夕食は途中ですませた。冷蔵庫の中身が心許《こころもと》なかったので明日の朝食分も含めて買い物をして、今度こそマンションへと向かう。道路はやや混《こ》んでいたものの、三十分もかからず帰り着くことができた。

地下駐車場から久しぶりのエレベーターに乗って、どういうわけだか変に緊張した。それが伝わったのか、無意識にぎゅっと握りしめていた指を隣から伸びてきた手のひらに覆われる。思わず見上げた先、いつもと同じやや薄い表情の有田と目が合って、

「う、……」

今さらどうして、と思うけれどいきなり動揺した。きっと、今の自分の顔は真っ赤だ。何故なら頬がヒリつくほど赤い。

香の反応にきょとんとしていた有田が、二秒後にふいに笑う。眦を少し下げた笑みは表情としては薄いけれど、香からすれば笑み崩れたとも取れる変化だ。その表情のまま軽く腰を曲げるようにして、ひょいと近く顔を寄せられてしまった。

「ん？　どうした、カオ」

「えと、その、あー……お、かえりなさい？」

エレベーターの扉が開いて、一緒に玄関先に入る。そこで辛うじてそう言ってみた。

とたんに喉を鳴らした有田は、やけに楽しそうだ。余裕たっぷりに見えるその様子に、ついむっとしたのは自分だけが振り回されているような気がするせいか。

「ただいま。——カオも、お帰り」

「う、……た、だいま、です……？」

けれど低い声で挨拶を返され、まさか言われるとは思わなかった言葉を貰って、今度はひどく気恥ずかしくなった。

おかえりなさい、は何度も言った。仕事に入っていれば当たり前の言葉で、けれどいつも言う側だった。

ただいまと、言える状況になったことはある。けれどそれは「代理」の時で、そう言っていいのは「香」じゃない。そのせいか、口に出していても余所事だとしか思えなかった。

……所長宅でも、「ただいま」とは言えなかったのだ。だって香の立場は「居候」でしかない。所長本人は「いつでもおいで」と言ってくれるけれど、あくまで「行く」場所であって、「帰る」場所だとは思えなかった。

それなのに。

「どうした。気分でも？」

無意識に口元を覆った香を気にしたのか、有田が訊いてくる。声音だけで心配させたと気付いて、慌てて言葉を探した。

「えと、……おかえりって言ってもらえるの、いいなって。その、……おこがましいとは思うんですけど、帰ってきたって思ったら、何だかすごく安心、——？」

言い終わる前に、伸びてきた腕に腰ごと攫《さら》われた。あれ、と思った時にはもう額同士がぶつかるほど近い距離にいて、瞬いた一秒後には呼吸を塞がれている。

最初のキスは触れ合うだけで、次には唇の形を確かめるようになぞられて、その後は閉じた合わせを辿られる。身長差のせいでつま先立ちになって、それがどうにも心許なくて、香は少し躊躇《ためら》いがちに手を伸ばした。それと察してくれたのだろう、有田の頭の方がその腕の間にするっと入り込むように動いてくれて、だからこそ首にしがみつくことができた。

躊躇いがちになるのは、まだちょっと及び腰だからだ。そのくせ躊躇いが最初の時より明らかに減ったのは、所長宅で会うたびに交わしたキスだから。ここまでは大丈夫、許してくれると知っているから。

「ン、……う、んっ——」

角度を変えて繰り返されるキスが、唇の合間から歯列を割ってくる。許可を求めるように浅い位置を探られて、緊張気味の顎を少し緩めた。とたん、するりと入ってきた体温に舌先を搦め捕られる。

強引なようでいて、優しいキスだ。先ほどもそうだったように、香が躊躇すると必ず先回りするか、あるいはいったん様子を見るように待ってくれる。じっと見つめてはいてもけして急《せ》かさず、だからといって離れることもなく、何やら楽しげに香を待っていてくれる。

それが嬉しくて、けれど同じだけちょっと困る——と、初めて思ったのは昨日だったか一昨日《おととい》だったたか。

有田に触ってもらうと、嬉しくてほっとする。頬を撫でられただけで、胸の奥がぽかぽかと温かくなる。長い腕に抱き込まれると心底安堵するのに同じだけ緊張してしまって、落ち着くのに落ち着かないという矛盾した状態に陥ってしまう。

昨日までは、それでもまだどうにかなった。仕事帰りに立ち寄る有田には当然ながら翌日の予定があって、長居したとしても一時間前後で帰っていくから。もっといてほしいと思っても引き留めるなど論外で、置いて行かれる気持ちで見送るしかなかったから。

もちろんその後は、胸の中に大きな穴が空いた気がしていた。所長と一緒にリビングにいても妙に寂しく物足りなくて、そう感じる自分のことがよくわからなくて。

けれど今。まさにここから、いったいどうすればいいのか。

「……カオ？　どうした」

有田の首にかじりついたまま、いつの間にか思案していたらしい。耳元で低い声がして、それが思い切り腰に響いた。瞬間的に折れた膝に泡を食ったのと腰に回る有田の腕が強くなったのがほぼ同時で、転ばずにすんだことにほっと胸をなで下ろす。

「カオ？」

「えと、――その、どう、すればいいのかな、って」

口に出した後で、自分で自分が可笑《おか》しくなった。

「その、慣れてるはず、なんです。こういうのも仕事、のうちで。だから平気っていうか、どうすればいいのかもちゃんと知っててやってきたはずで、けど、その、有田さん相手だと、うまく考えられないっていうか、頭の中が真っ白に、なるみたい、で」

唯一はっきりわかるのは、今の自分が有田に対してとてつもなく欲張りになっていることだ。もっと傍にいたい、ずっと一緒にいたい、その手で触れて欲しいし自分も触れたい。欲求なら溢れているし、気持ちだってぱんぱんだ。方法だって確実に、耳年増どころじゃないくらい知っている。

それ、なのに。

まとまりもなくぽつぽつとそう言ったら、するりと動いた有田に顔を覗き込まれた。

「勝手が違うという意味なら、こちらとしてはむしろ光栄なんだが？」

「えっ」

思いがけない言葉に思わず見上げた先、香を見る有田は少し苦笑めいた顔をしている。その様子がけれどやけに真剣に思えて、何となく居住まいを正していた。

「これまでと勝手が違うのは、カオにとって私との関係が『今までになかったもの』だからだ。つまり仕事じゃない証拠だと思うんだが、どうだろう」

「あ、……」

一瞬虚を衝かれて、けれどすぐに何度も頷いた。

「そ、だと思います。えと、計算とかうまくできないっていうか、顔を見ただけで全部どうでもよくなる、っていうか」

「仕事」の時はいつも、相手の反応を窺っていた。望まれる役割を果たすのが第一で、だから臨機応変に、「それらしく」振る舞うことに集中していた。

でも、有田にとっての香は「代理」じゃない。指示もなければ要望もなく、「香」本人を見てくれる。香のままでいることを、当たり前に許してくれる。

「それも光栄だな。——だったらそれでいいんじゃないのか？　どうやらお互い、初めての恋人になるようだしな」

「は、じめての、こいび、と」

宣言するように言われて、目元のあたりが熱くなる。嬉しすぎて落ち着かない気持ちでつい下を向いたら、今の今まで頬にあった手のひらに頭を撫でられた。続きのように耳元でリップ音がして、それだけで背すじが波立つのがわかる。

「初心者同士なら、慣れないのもどうすればいいかわからないのも当然だ。……正直、私も勝手が違いすぎて戸惑っているからね」

「そう、なんですか？　で、も全然、そんなふう、には」

「そこは年の功だな。平然としたフリは昔から得意でね」

穏やかに言う有田を見返して、「そうかも」と素直に思った。

実際のところ、有田の表情はとてもわかりにくい。最近の香には「何となく」わかるようになった機嫌も、おそらく大半の人が読み取れまい。

「あ、」

「うん？　どうした」

じっと有田を見たままで、ふと思い出したのは別れ際の所長の台詞だ。無断外泊から戻った時に立ち聞きしてしまった、所長との電話での――。

「その……所長との電話で半年で契約終了とか、事と次第によってはすぐ解消、っていうの、はどういう？　あ、立ち聞きしたのはすみません、もし聞いちゃいけないことだったら、」

「ああ、いや待ちなさい。そうか、そういえばその話もあったな……」

何度か頷いて香を見た有田は、どうやら少し困ったらしい。わずかに眦を下げたかと思うと、首を折り曲げるようにして視線の高さを合わせてきた。

「ひとまず場所を変えようか。ここだと冷えるしな」

「あ」

言われて、ようやくここが玄関先だったと思い出した。

慌てて頷いた頭を、無造作に撫でられる。揃って靴を脱いで、リビングダイニングに移動した。暖房をつけ浴室のスイッチを入れ、お湯を沸かす間に買い物を所定の場所に収めていく。その後でお茶を淹《い》れていたら、やってきた有田に二人分のカップを攫われてしまった。

追い掛けていった先、ソファに腰掛けていた有田が軽く自分の膝を叩いてみせる。向けられた視線で意味を察して、けれど動けずにいたら苦笑交じりに手を差し出された。そろりと近づいて手を重ねたら当然のように引っ張られて、気がついたら膝の上に座らされている。

「え、ぁ……えー、と？　あの、ありた、さ」

いいのか、と思ったものの、暖房をつけたばかりの室内は冷えきっていて、香はもちろん有田もコートを脱がないままだ。着膨れた腰に長い腕が回ったのを免罪符に見上げてみたら、平然とした様子で有田が口を開いた。

「さっきの話の続きだが、単にあの時点での私の一存と、岸の意向が一致しただけだ。まあ、現時点でもそうなんだが、現行での契約延長は考えていない」

「げんこう、での？」

「好きになった相手を、あの要望書を容れた契約のまま雇っておけとでも？」

「ようぼう、しょ……」

意味が読み取れず首を傾げて見上げたら、少し呆れたような顔をされた。

腰に回る腕の力が、少しだけ強くなる。長い指で顔を上げさせられて、そのまま視線を合わされた。

「まず先に言っておきたいんだが、私がこうして触れたいと思うのはあくまで相手がカオだからであって、契約した『ペット』だからじゃない」

「え、」

「ここ半月はハグも添い寝も頭を撫でるのも、全部私がしたくてやっていた。だが、カオは要望書の必須事項だからだと思っていただろう？」

考える前に、こくこくと頷いてしまっていた。そんな香の頬からこめかみを撫でて、有田はわずかに笑う。

「それが私には嬉しくなくてね。そうは言ってもその内容で契約している上に、当時のカオはまだ恋人ではなかった。だから契約終了までに話し合って、要望書なしでの通常契約の結び直しを提案するつもりでいた。そういう意味での延長なしだ。……即解消、というのは」

いったん言葉を切った有田が、少し思案するように黙る。呼吸も忘れてじっと見つめた香の頬を、指先で軽く叩いてきた。

「これは岸も中浦さんも同意見だったが、カオが仕事期間中に、自分の意志で無断外泊するなどあり得ない。……以前うちの前で攫われかけたこともあるが、それと同時期に事務所の方にもカオ指名でのしつこい依頼が来ていたそうだな。紹介者不明なのが気になって、岸もそれを調べていたらしい」

その経緯で既に、広岡の関与が見えていたのだという。

「二年前のカオとの契約が向こう有責での打ち切りになったのに、以降もしつこく依頼してきたそうだな。——それを聞いて、だからあれほど執拗《しつよう》に詮索してくるのかと納得した」

「せんさく、……?」

「あえて言っていなかったが、カオがここに来て二日目に一緒にいたのを見られたようでね」

有田にとっての広岡は「単なる仕事関係の知り合い」でしかないのだそうだ。先方が馴れ馴れしいのは昔からだが、それにしてもその時の執拗さが尋常とは思えずにいた。——そうした経緯もあって、無断外泊にもあの男が絡んでいるのではという話になったのだという。

「広岡が固執している原因が、カオの契約内容……つまり要望書だという話になってね。それを外した通常契約に切り替えれば、付け入られる要素はかなり減る。カオ抜きで決めることじゃないのはわかっていたが、その時はそこまで頭が回っていなかった」

要望書内容が容認できないという意味で、所長と有田の意見は一致する。結果、勢いに乗った形であの発言に至ったということらしい。

言い終えた有田をじっと見上げて、香は何度か瞬く。

「……あの。おれ、もう無理、だと思うん、です」

氷柱の先に溜まった水が、滴になって落ちるみたいに——ぽつんとそんな声が落ちた。

「いや、待ちなさい。今すぐ決めるようなことじゃないと思うぞ? それにその、……私としてもいろいろと思うところがないわけでは」

「そうじゃなく、て。……誰でもいいからのペットは、もうできないと思います。有田さんとの契約を終わらせて、事務所をやめて広岡さんのところに行くってなった時に、仕方ないって。慣れてるし、おれなんかそんなもんだしへいきだと思おうと、して」

言いながら、勝手に肩に震えが走った。有田の袖《そで》をぎゅっと握り込んで、香は首を振る。

「でも、もう絶対に無理、です。有田さん以外とか、厭、です。……でも、だったらおれ、しごとできなくなって、ただのやくたたずになって、それだとここにいてもじゃま、にな」

「カオ」

言葉を遮るように、両の頬を大きな手で挟むようにくるまれた。額同士を合わせる形で目を合わされて、香はぐっと奥歯を嚙む。

「よく聞きなさい。カオはけして役立たずじゃない。家政婦として十分優秀だし、それは岸も認めている。中野《なかの》さんにもそう言われたはずだが、もう忘れたのか?」

「お、ぼえてます。でも、」

「今だから言うが、カオをそのまま雇うかどうかは彼女の判断に任せていたんだ。無理だと判断したら私の帰宅を待たずに断ることになっていた」

「……へ?」

思いがけない言葉に、小さく固まりかけていた気持ちが止まった。

「えと、……でも、確かほかに行けるひとがいない、って」

「だから誰でもいいと言うつもりはなかったし、中野さんも言わないだろうな。最悪、見つからなくても半月や一か月ならどうにでもなる。彼女が同業者を褒めることはそう珍しくないが、私から庇ったり釘を刺すような物言いをしてきたのは初めてでね。今だから言うが、当初はカオに誑《たぶら》かされたんじゃないかと疑った」

「え、や、まさか、そんな」

「当初はと言ったろう。実際、カオが優秀なのは三日目にはわかっていたんだ。その前提であえて言うが、もしカオが役立たずだったとして、それのどこが悪いんだ？」

思考が止まったまま、香は何度も瞬く。その頬を手のひらでぴたぴたと撫でるように叩いて、有田は続けた。

「そもそも誰が、何を基準にカオを役立たずだと決めたんだ。ここ三日、カオはうちで仕事ができなかったわけだが、それでも会いに行った私の――カオの顔を見るだけで安心していた私の気持ちはどうなる？」

「……ありた、さ――」

「私としては、契約なしでうちにいてもらっていいと思っている。だが、それだとカオが落ち着かないだろうし、どうしたって『仕事』をするだろう？　岸からも釘を刺されたしな」

「しょちょう、が……何、を？」

「ただ甘えろと言われて、素直に頷けるような子じゃない。そこが長所であり短所でもあるが、本人がプライドを持っている仕事を他人——この場合、私の一存で辞めさせようとするのは傲慢《ごうまん》だ、とね。あとは事務所での最有力若手を私的理由でかっ攫うなとも言われた」

言って、有田は喉の奥で小さく笑う。その振動が、肌越しに伝わってきた。

「以前にも言ったように、私はカオの仕事振りが気に入っている。恋人になれなくても家政婦としての継続は頼みたいのが本音で、だから要望書抜きでの新規契約を岸に願い出た。それと——これは私の推論だが、カオもその方が安心できるんじゃないのか？」

「あん、しん……」

繰り返しながら、自分でも意味がわからず落胆したような気分になった。

つい目線を落とした香に近く顔を寄せて、有田は続ける。

「恋人になったから即同居と言われても、カオは初めてだろう。慣れていないから落ち着かない上に混乱するし、状況によってはかえって不安になる。——違うか？」

「——、……ち、がわない、と思い、ます……」

有田に言われたことの全部が、図星だ。そのくせ「恋人だから無条件に同居」じゃないことに落胆している。

矛盾だらけの、欲張りだ。そんな自分に呆れながら、それでも正直に言った。

「おれ、有田さんがすき、です。でも、……ずっといっしょにいられるとは限らないって。いつか、有田さんは心変わりするだろうって、けどそれはしかたのないことで」

「そういうところだな。先走って考えすぎる」

「ご、めんなさ、」

苦笑交じりに軽く額同士をぶつけるようにされて、ふいに気付く。それはつまり、有田がすぐに心変わりすると言ったのと同じだ。ぎょっとして、おそるおそる目を向けたら少し困ったように見返された。

「全部初めてなら無理もない。だったら今のカオの負担にならない範囲で、できることから始めればいい。時間をかけて少しずつ慣れて、それから先のことを考えればいいんだ」

「ふたんにならないはんいで……できること、から」

「私としてはカオが今よりもっと楽になって、自分を大事にしてくれたらいいと思っている。……カオはどうだ。この先、どうしたい。どんなふうになりたいんだ？」

「この、さき」

口にしたものの、続きがどうしても出て来なかった。思案して自分の中を探し回って、最終的には情けなさに悄気返《しょげかえ》るしかなくなる。

「えと、すみません。そういうの、考えたことが、なくて。おれ、いまの事務所に所属してるのもすごい幸運で、だからきっと続かないとおもってて……でも、しごとしないといきていけない、から」

「何故続かないと思う。カオは今の事務所が好きだろう？　岸にも中浦さんにも懐いているようだし、可愛がってもらってもいる。違うか？」

「それはそう、です。でも」

「それなら『どうすれば続けられるか』を考えればいいんじゃないのか？」

「どう、すれば――続けられ、るか……？」

無意識に有田の言葉を繰り返して、ふいに目の前の壁に罅《ひび》が入った気がした。この先はないと諦めていた行き止まりの壁が、大きく軋《きし》んで動いた、ような。

「さっきも言ったが、今すぐに何もかもを決めようとしなくてもいい。カオはやっと自分で選ぶことに慣れてきたばかりだ。焦る必要はないから少しずつ、自分がどうしたいのか、何を欲しがっているのかを探して、見極めていけばいい」

「すこし、ずつ。ほしいもの、をみきわめ、る……」

「無理はしなくていいし、ひとりだけで頑張らなくてもいい。私でよければできる限りつきあうし、私に言えないことであれば岸や中浦さんに相談すればいい。――まあ、現実にそうなったらさぞかし業腹だろうとは思うが」

言葉とともに額同士を、今度はぶつけるのではなくそっと押し当てるようにされた。近すぎる距離でぶつかった視線に今さらにどきりとして、香は慌て気味に言う。

「めいわくを、かけるかもしれません。おれ、常識も抜けてることがあって、……だから」

「迷惑だと思うかどうかを決めるのは、カオではなく私だが？」

「……それ、園子さんからも言われました。所長もそう言うはずだ、って」

「だろうな。それも、ありがたいようで業腹なんだが」

「ごう、はら？」

二度目の言葉の意味が繋《つな》がらなくて、つい首を傾げていた。それでも触れた額は離れないままで、今ひとつピントが合わない距離にいる有田がわざとらしく眉を顰めてみせる。

「できれば可愛い恋人は独り占めしたくてね」

「か、わ……っ」

耳慣れない言葉に、いきなり顔が発火する。二の句が告げず、ヒリつく頬をそのままに固まって見返していたら、さらに距離が近くなる。かすかに感じていた吐息が明確に頬に触れて、とうに慣れていたはずの近さに今さらに狼狽《ろうばい》し、香はぎゅっと目を閉じた。

くすりと笑う声を、肌で聞いた気がした。直後、そっと触れてきた体温に呼吸を奪われて、香は小さく息を呑む。

最初は軽く重なって離れた唇が、またすぐに降りてくる。腰に回っていた腕が強くなって、互いの体温がもっと近くなって、なのに分厚いコートが邪魔をした。

もっと近く、もっと傍で。頭に浮かんだのはそれだけで、だからキスを受けたまま自分の襟に手をかけたら、計ったようなタイミングで有田が手を貸してくれた。

肩や背中が軽くなって、有田の体温が近くなる。ほっとした唇の上下を交互に吸われて、誘われるように隙間が開いた。割り入ってくる馴染みの体温を素直に受け入れる。

「ん、……ぅ、ン」

揺れた顎を、少し冷たい指で固定される。そのタイミングで、舌先を深く搦め捕られた。思わず上がった声すら惜しむように奥を探られて、喉が小さく音を立てる。思わず握り込んだ指の間、少し剛い髪の感触に気付いて、自分が有田の首にかじりついていることを——いつの間にか、有田もコートを脱いでいたことを知った。

別の指で顎のラインを辿られて、擽ったさについ首が縮む。宥めるように背中を撫でられて、馴染んだその感触に安堵した。続くキスでさらに執拗に奥をまさぐられて、自分なりに必死で応えてみる。

あやすように優しい指が、うなじや喉を撫でていく。背骨を遡《さかのぼ》るみたいに動いた手のひらに首の後ろを掴まれて、もう底だと思っていたキスがさらに深くなった。直接触れているのは唇を含んだ口のなかだけで、あとは手のひらや指が肌を辿るだけで、なのにもっと深くまで食い込んで、溶け合っているような。

「ぅン、……りた、さ——」

舌足らずになった自分の声を聞いた後で、呼吸が自由になっていたのを知った。いつの間に、と思ったのと同時に耳朶から顎に続く一点に小さな痛みが走る。無意識に握った手の中にあったのはやっぱり剛い髪の毛で、つまり香は有田の頭を抱きしめたままだ。

濡れた体温が、顎のラインを辿るように動く。時折止まったところで吸い付かれて、そのたびぞくんと腰のあたりがうねった。その間にも有田の手のひらは香の輪郭を確かめるみたいにそこかしこを撫でていて、心地よさについ目が細くなっていく。

人の体温は大好きだけれど、有田のそれは特別だ。だって、こうしているだけで底なしに安堵する。今までの「仕事」みたいに、相手の機嫌や空気を読まなくていい。いつ気が変わるか、この時間がいつ終わるかを気にしなくていい。

いつ追い出されるか、なんて。考えなくてもいい――。

「……もっ、と」

そんなふうに陶然としていたせいか、ふっとこぼれ出た声の甘えた響きにぎょっとした。同時に首の横に落ちていたキスが止まってしまって、それだけでついびくついてしまう。

互いに固まったままで数秒が過ぎた頃に、そっと身を離された。強い腕が膝の上で抱き直してくれたのに安堵して上目で窺ったら、顎を取られて鼻先が触れる形で覗き込まれる。

「さて。これからどうする？」

「……え、と？」

返す声が半端にもつれたのは、長かったキスの余韻だ。思わず首を傾げた後で、やっと意味を悟ってかあっと顔じゅうが熱くなった。

たった今、あんなキスをしたばかりで。今だって膝の上で密着した状態で。見つめてくる有田の表情や目に、ここ数日で知った色が混じっているのも明らか、で。

今さらだけれど、香は有田の匂いにとても弱い。腕の中で嗅《か》いでしまうとひどく安心して、なのにどきどきして落ち着かなくなる。腰や腕に回る腕の強さも、衣類越しに伝わる体温も好きで、だから所長宅にいる間は朝起きた瞬間から、夜にやってくる有田との時間を心待ちにしていたくらいだった。

だから、思い切り箍《たが》が外れた。膝の上に抱かれてあんな言葉を聞かされて、さらにあんなふうにキスをされて平然としていられるわけがない。さっきまであれだけくっついていた香が「どうなっているか」くらい、有田が知らない、はずがない――。

「う、あ」

懇願混じりで見上げた視線に、「ん？」とばかりに首を傾げて返される。何食わぬとしか言えないその表情に、かあっと顔が熱くなった。

「あ、りたさ……いじ、悪いっ――」

「そう来るか。だったら先に言うぞ？　私としてはこのまま寝室に連れ込みたいんだが、カオはどうしたいと思ってる？」

「つれこ、……っ」

思わず復唱しかけて、自分のその声に被弾した。もはや顔はヒリつくくらいに熱い。もしかして、有田に見える香の顔は暖房の前に放置したアイスクリームみたいに、溶け崩れているのではあるまいか。

あり得ない不安に駆られて自分の頬を撫でていたら、その上を覆うように大きな手のひらが重なってきた。見上げた先、予想外に真剣な顔を見つけてどきりとする。

「無理はせず、本音を言ってほしい。まだ早いとか、気乗りしないならそれで構わない。こちらとしては、少なくとも四か月は待つつもりだったしな」

「よんか、げつ?」

「新規で通常契約した後で、改めて口説くつもりだったのでね。遠慮せず、カオの思うようにしていいんだ。恋人同士には、義務も強制もない。もちろん仕事でもない。望まないことは蹴飛ばして逃げるのが当たり前だ」

「――、……!」

つまり、「どうするかは自分で決めろ」と促されたのだ。「好きだから、恋人同士だからといって言いなりになるのは違う」と教えてくれてもいる。

さっき玄関で香が「もうペットは無理だ」と言ったから。有田本人も「ペットとしての香」を望んでいない、から。

「……あし、た、になった、ら」

「うん?」

やっとの思いで絞った声は、自分のものとは思えないくらい擦《かす》れて頼りなかった。だからこそ途中で途切れないように、香は必死で言葉を絞る。

「あしたになったら、……事務所に行って、きます。しょちょうに、要望書はもうなしにする、って。特殊なのもやめる、って、ちゃんと、じぶんで」

「そうか。わかった」

頷く有田は、相変わらず表情が薄いままだ。それでも口角が少し上がっているし、香を見る目がとても柔らかくて甘い。有田にしてはわかりやすく上機嫌なのはきっと、これから香が言おうとすることも察しているから、で。

思ったら、また顔が熱くなった。有田の顔を見ていられずに、香はつい視線を落とす。

「えと、それで——その、おれ、は」

望みなんか、とっくに知っている。言いたいことなんて決まっている。思い切って口に出してしまえばほんの数秒、ほんの数音で終わってしまう。

それに類した言葉だったら、数え切れないくらい口にしてきた。もっとすごいことも露骨なことも、到底有田には言えそうにない台詞だって、当たり前にするっと言ってきた。

なのに今、どうしようもなく恥ずかしい。できればこの場から消えたいくらいで、でも同じだけ消えたくない。伝えたいのに、口に出すのが少し怖い。

有田の腕は香の腰に回ったままで、だからまず逃げられない。本気で逃げたいと言えばきっと離してくれるけれど、香の本音は逃げたくない。できるだけ長く、できることならこの

先ずっと、この腕に捕まっていたい。そこまで考えて、思い切って顔を上げた。

有田の顔は、さっきまでの楽しげなものとは少し違って気遣うようだ。それは香の気持ちを優先してくれているからで、そう思うだけで切ないような、嬉しいような気持ちになった。

有田さん、ともう一度呼んでみた。

返事代わりのように首を傾けた人に、伸ばした手でしがみつく。腰を抱く腕が少し強くなったのに勇気を貰って、剛い髪に指を絡めた。伸び上がって顎を上げて、初めて自分からキスをする。触れるだけで離れたそれに続くように、高いところから飛び降りる心地で言った。

「えと、お風呂から上がってから――連れ込んで、ほしいです」


覆水盆に返らず、と言う。

いやこの場合、後の祭りか、策士策に溺《おぼ》れると言うべきか。

引っこ抜いたドライヤーのコードを丸めながら、香は今さらに後悔していた。

――あの後、まずは有田に風呂を薦めた。そこまではいつも通りだったのに、頷いた彼がたぶん思いつきで「一緒に入るか？」と口にした瞬間にその場で凝固してしまった。膝の上でいつになくかちかちになった香がおかしかったのか、有田の方から苦笑交じりに「まだ早いか」と取り下げてくれて安堵した。

一緒に風呂なんて、仕事でなら飽きるほどやった。洗われるのも洗うのも、そのまま行為に及ぶのだって日常茶飯事で、むしろ後始末が楽だからいいと思っていた、のに。

「こういうの、カマトトとか言う、んだっけ……?」

顔を上げた先、脱衣所の鏡に映る自分は微妙な困り顔のままだ。

ちゃんと全身くまなく洗ったたし、髪の毛だっていつも以上に丁寧にドライヤーで乾かした。それもこれも心の支度みたいなもので、当初の予定だともうとっくに有田の寝室に顔を出していたはず、なのに。

「勢いって、縮むんだ……あのまま連れ込んでもらった方がよかった、のかも」

連鎖的に思い出したのは、小学生低学年の頃の予防接種だ。注射嫌いのクラスメイトがどんどん順番を後ろにずらしてもらい、あげく逃げようとして捕まって大泣きしていた――。

「うう、きんちょうする……えと、でもあたってくだけるしかない、し」

頭を振って、自分で自分の頬を叩く。肩からずり落ちかけていたカーディガンを直した勢いで、廊下に続く戸を引き開けた。直後、すぐ外に人影を見つけて瞠目する。

「……ありた、さん?　え、いつから、ここに」

自室にいるはずの有田が、何故か壁に凭れてそこにいた。寝間着の上に室内用の上着を羽織った恰好で、楽しそうなのに心配そうというちょっと矛盾した雰囲気を醸し出している。

「連れ込んでくれと頼まれたからな。待ってた」

「ぅあ、ごめんなさい。あの、ひえた、ですよね？」

慌てて駆け寄るなり、腰ごと引き寄せられた。そのままぎゅうぎゅうに抱き込まれて、鼻先を有田の胸元に埋《うず》める形になる。大好きな匂いにくらくらしてきた。

「大丈夫だ。それよりカオが冷える方がまずい」

「や、べつにおれは」

言い合いながら歩いたかと思うと、背中でドアが閉まる音がした。あれ、と思った時には香は有田の部屋の中にいて、腰を抱かれ後ろ首を捉えられて深く呼吸を奪われている。キスをしたまま押されて、背中に固い感触が当たる。ドアだと遅れて気がついた時には、歯列を割った体温に舌先を搦め捕られていた。

「ん、ぅ、……ンっ」

深く探られる感覚に、膝から力が抜けていく。離れたくなくて、自分から男の首に腕を回した。離れないよう彼の上着の襟をぎゅっと握り込んで、顎を上げて自分からも食らいつく。応えるように腰を抱く腕が強くなって、それだけで泣きたいような気持ちになった。

呼吸が自由になった後、おまけのように左の耳朶に食いつかれる。かすかに走った痛みはぞくりとするような悦楽の欠片を含んでいて、とたんにびくりと腰が跳ねた。

「——……カオ、悪い。大人げないのはわかるが、手加減できない、かもしれない」

「し、なくてい、です。言いました、よね？　おれ、連れ込まれたい、って」

耳元での囁きに、全身が戦《おのの》く。そこかしこの肌が粟立って、あちこちの関節が固まって、沸騰したように熱を帯びていく。もう慣れているはずなのに、とうに知っているはずなのに——響く声が、伝わる体温が、届く匂いが全然違う。今のこれが「普通」なのだとしたら過去に香が「知った」はずのあれこれは全部紛《まが》い物だと、今さらのようにそう思った。

人に対して「器が大きい」なんて表現することがあるけれど、あれは実際本当だと思う。人にはそれぞれ「ここまで」という限度があって、だからきっと人によって「限界」が違う。

その意味で、香の器はもういっぱいいっぱいだ。まだちゃんと始まってもいないのに、これからだと宣言されたようなものなのに、すでに限界までぱんぱんに膨らんでいる。もう無理だと思うのに、これ以上は知らないと知っているのに、でもまだ足りないと思ってしまう。

(手加減できない、かもしれない)

その言葉が嬉しすぎるから、器が溢れようが壊れようが構わない。大好きな人が望んでくれるなら、本気で欲しがってくれるなら。

本来なら、釣り合うわけがない。香なんて親には置いて行かれ祖父母にはいらないと言われ、叔父には「役立たず」と罵られた。その後も誰ひとりとして、こんなふうに「香を」欲しがってはくれなかった。

どうしたって過去は過去で、「なかったこと」にはなってくれない。きっとこの先も香は過去のことで悩むことになるはずだ。苦しくて辛くて、厭になることだってきっとある。

それでも今、この人が望んでくれるなら。

今の香でいいと、言ってくれるなら——。

深く混じり合うキスの合間、香の肩からカーディガンが落とされる。最後に残った袖を自分で引き抜いてから、ようやく気付いて目の前の男の上着に手をかけた。高い位置にある襟を引っ張りながら、思うようにうまくできないことについ首を傾げてしまう。

自慢にもならないが、脱がされるより脱がす方が得意なはずだ。おかしいと思い、その端でふと気付く。

自分の手も指も、細かく震えている。緊張のあまり、いつもよりずっと不器用になっている。そんな自分に瞠目していたら、気付いたらしい有田に耳朶を嚙まれてしまった。

「……りた、さ——」

男の上着をどうにか床に落としてから、もう一度自分から高い位置にある首にしがみつく。腰に回った腕が強くなったかと思うと、いつかと似た浮遊感に襲われた。

「兎だと聞いたはずだが。もしかして子猫だったか?」

「にんげん、ですー」

くすくす笑いで答えたら、抱き上げられた恰好のままキスをされる。それがひどく嬉しくて、同時に泣きたいほど擽ったかった。

天井の模様が、妙に目についた。

喘《あえ》ぐような呼吸を繰り返しながら、香は見慣れたはずの天井を見つめた。

添い寝を始めて半月以上、ほぼ毎夜目に入っていたはずだ。なのに、今初めてまじまじと眺めた気がする――。

「つぁ、……ン、――ぅ、んっ……」

余所事に気を取られていたのを咎めるように、するりと伸びてきた指に胸元の尖りを弄られる。さんざんになぶられたせいか痺《しび》れに似た感覚が居座っていたそこをやんわりと押し潰されて、知らず肩が大きく跳ねた。余韻のように肌に広がる熱に浮いた腰を押さえ込まれて、改めて逃げ場のなさを思い知る。

「ぅあ、……りた、さ――」

半泣きで呼んでみても答えはなく、代わりのように強い指に腰を摑み直される。その体温と感触に、肌の表面が小さく戦くのが自分でもはっきりわかった。

思わずこぼれた声は、音というより吐息に近い。それよりも、水気の混じった粘着質な音の方が耳についた。先ほどから続く断続的なその音がふと大きくなって、とたんに腰から背すじに堪えきれない悦楽が走る。

「……つぁ、――」

無意識に何度も首を振って、いつのまにかきつく閉じていた瞼を押し開く。視界に入るのは大きく広げられた自分の両膝と、その間に沈む髪――有田の頭、だ。

身体の中で最も過敏な箇所を、大好きな人に捉えられている。そう思うだけで、身体の芯に疼《うず》くような感覚が生まれた。

勝手に動いた指先が、剛い髪をかき乱す。そうなって初めて、自分が縋《すが》るように有田の髪を摑んでいたのを知った。力が入らない指はただそこにあるだけで、だからこそ男の動きと、自分の腰から起きる蕩《とろ》けるような悦楽が連動していることを思い知らされた。

「ぁ、りたさ……」

必死で呼んだ名前の、語尾が跳ね上がって露骨な色を帯びる。自分のその声はもう馴染みのはずで、珍しくも恥ずかしくもない。その箇所を弄られて反応するのも当たり前で、むしろそうでなければ困る――そんなふうに淡々と思っていたかつての自分が信じられない。

……香を抱えたままベッドに上がった有田は、最初からひどく優しかった。ベッドのスプリング音を聞くなり固まった香に苦笑し、膝に乗せたままで背中や肩を撫で、名前を呼んでは宥めるようなキスをくれた。

キスが深くなっていくたび、身体が溶けていくのが自分でもよくわかった。続くキスに夢中になって自分からも有田の髪をかき回し、かたちを確かめるみたいに自分のよりも広い肩や背中に触れていた。じきに何も考えられなくなって、気がついた時にはベッドに横たえられた形で年上の恋人に抱き込まれていた。

唇から頬へ、頬から耳朶へと移ったキスは、その時には優しいだけではなくなっていた。腰を抱く腕が強くなるのと同じくらいきつく吸われて、走った痛みに痕がついたこともわかった。それだって、以前の香にとっては当たり前の、少し困ったことでしかなかったはずだ。

なのに、嬉しかったのだ。有田がいつもと違う表情を見せてくれたことも、触れる手が少しだけ性急になったことも、香を気遣いながらそれでも止まらない素振りがあったことも。

身体の奥が火でも灯ったみたいに温かくなった。そのせいか、これまではどこか冷静に、他人事みたいに計算していたはずの「こうしないと」を考える前に身体が動いた。自分からも触れたくて、もっと有田の体温を感じたくて——だから、男の指が寝間着にかかった時には自分からも動こうとして、けれど思うほどスムーズにはいかなくて、それで未だに変に緊張している自分を知った。

(……どうした?)

有田の寝間着のボタンに指をかけたまま半端に固まった香に気付いてか、鎖骨にキスしていた有田に囁かれる。その時にはもう香は寝間着の左の袖を辛うじて引っかけているだけで、胸元の尖りは指先で遊ばれていた。そこだけ色を変えた箇所をぐるりと撫でられ、やんわりと捻られるだけで、じんじんとした悦楽が肌の底に沈んでいく。

(ごめ、……ゆび、まだ、きんちょ……?　して、)

やっとのことで答えたら、尖った先を爪で弾くようにされた。びくりと肩を跳ね上げたタイミングで両手を取られ、互いの指を絡める形でシーツに押しつけられる。その成り行きをちゃんと認識する前に、尖った胸元にキスを落とされた。

（……ふぁ、――っン、）

言葉どころか、音でしかない声が出た。構うことなく軽く吸い付かれ、やんわりとその箇所を食《は》まれる。舌で押しつぶされ捏《こ》ねるようにされながら、もう一方は指先で遊ばれた。そのたび、肌の底に沈む熱がじわじわと嵩《かさ》を増していくのがわかる。

（ん、――ぅん……っ）

執拗なくらい続く胸元へのキスの合間、するりと腰や脚を撫でられる。下はまだ寝間着を着たままで、なのにその手のひらの感触をやけに生々しく実感した。そのくせ直接でないのがもどかしくて、無意識に自分から有田の身体に脚をすり寄せてしまう。

まだ足りないと、思ってしまったのだ。もっと近く、もっとすぐ傍で体温を感じたかった。それが本音なのは間違いなくて、けれどひどく恥ずかしい。顔がやけに熱くて、真っ赤になっているのは明らかで――だからつい、顔を横に向けてしまう。そのタイミングで、膝を撫でていた手のひらが内股へと移った。

無意識に揺れた脚をそのままに、布越しに包まれたそこはとうに形を変えていた。うっすら気付いていていたことを思い切り見せつけられた気がして、考える前に腰が逃げる。それも今さらで、かえって深く容赦なく、優しい手のひらに握り込まれた。

初めてと言っていい、焦げるような羞恥《しゅうち》にその場から消えたくなった。

（や、……まっ――）

喉からこぼれた細い制止に、慣れているくせに今さらと自分で呆れる。当たり前だと、そういうことをしているんだと承知しているのに、自分でも望んでいるはずなのに感情が納得しない。裸足で逃げたいと本気で思って、けれど見透かしたように長い腕で押さえ込まれた。

（厭だと言われてもやめられない、んだが……？）

ふいに耳元で響いた声の、色を帯びて擦れた響きに腰から背骨をぞくんとしたものが駆け上がる。思わず仰《の》け反《ぞ》った顎を追うように寄ってきた吐息に唇を齧《かじ》られて、気がついた時には男の頭を抱え込むように剛い髪を摑んでいた。

瞬いた拍子にひどく近い距離で目が合って、腰の奥がどくんと脈を打つ。離れては呼吸を塞ぐキスの合間にも男の手のひらは香の脚の間で蠢いていて、そのたび起きる感覚をやり過ごすだけで精一杯だ。やっとのことで名前を呼んでみても、うまく声になってはくれない。見つめる視線が返事を待っていると気付いて、辛うじて顎を下げる。どうにか絞った声は擦れて、ほとんど吐息に近い。

（や、じゃな、……です。ご、めんなさ――）

（厭でないならいい。カオはカオらしく、素直に感じていればいい）

囁くような言葉にひどく安堵して、たぶん顔が緩んだと思う。そうしたら、わずかに瞠目した有田にまたしてもキスをされた。

(可愛いな……)

唇が触れる距離でのつぶやきが意外で目を丸くしたら、とたんに彼が眦を緩めるのがわかった。そのタイミングで衣類をかいくぐった手が、じかに触れてくるのは反則だと思う。

(——っあ、……ぅ、)

少し体温が低い指に捉えられて、腰だけでなく全身が大きく跳ねる。構わず動く指先に、直接神経を弄られるような悦楽が襲った。

声にならない声を上げた唇を、確かめるように齧られる。すぐに離れていった吐息が、喉を伝って鎖骨に落ちる。脚の間を刺激する手をそのままに、さんざんに弄られて尖ったままの胸元を齧られて、音でしかない悲鳴がこぼれた。引きつったような息を吐きながら、香は「やっぱり違う」と頭のすみで思い知る。

知っているのに知らないことばかりで、どうしても追いつけなくて、ついて行けない。今の香にできることは、ただ有田に縋ることだけだ。

ばらばらに与えられた悦楽が、肌の底でひとつになってじわじわと体温を上げていく。気がつけば寝間着のズボンは足首から抜かれ、互いの体温を直接感じている。間に布がないことに安堵して、小さく呼吸を震わせている間に、いつの間にか膝を割られてその間、に——。

「……あ、りた、さ──」

身体の奥に、火が灯っている。堪えきれない、波のように寄せては返す熱だ。そのたびぞろりと肌を伝う悦楽は粘つくように濃くて、無意識にも逃げようとする脚から力を奪っていく。同じだけ指にも力が入らず、引っ張ったつもりの剛い髪もただかき回しただけになる。

かたちを変えた箇所を湿った体温であやされたまま、さらに奥を指でまさぐられる。知っているはずなのに知らない感覚が閃《ひらめ》くたび、肌の表面がどうしようもなく竦んだ。それも追い掛けてくる悦楽に溶けてしまい、結局は翻弄されるままになる。

過ぎる感覚に目の奥が熱くなって、滲んだ視界を戻すために何度も瞬いた。それでも潤む視界を持て余しながら、ひっきりなしにこぼれる自分の声にすら煽《あお》られて、どのくらい経った頃だろうか。ふと上で気配が動いたかと思うと、馴染んだ体温に額から頬を撫でられた。

「きつい、か……？」

落ちてきた声はふだんより擦れて、ぞっとするような色気を帯びている。覗き込む顔もわずかに眉を寄せていて、けれどそれが不機嫌や不快ではないことがはっきりわかった。

「カオ、……？」

浅い息を吐きながらただ見上げた眦を、指先で撫でられる。溜まった涙を拭ってくれたのだと知って、慌てて首を横に振った。いつになく重い腕を必死で動かして、香は間近の恋人を──上になって顔を覗き込む人の背中にしがみつく。

へいきです、と発したはずの声は、ちゃんと届いただろうか。確かめる前に呼吸を奪われて、すぐに意識まで攫われた。

「大丈夫、か？」

低い声の囁きとともに、頰を撫でられる。吐息が触れる距離での問いの、意味を察して顔だけでなく全身が熱を帯びた気がした。口を開いたものの言葉が出ずに、香は有田の首に縋る腕に力を込める。額で彼の頰に擦り寄るようにすると、お返しのように眦にキスをされた。

前後するように、片方の膝が引き上げられる。この先を思うだけで顔が爆発するようで、わざと有田の耳のあたりに鼻先をすり寄せた。それとほぼ同時に、身体の奥に覚えのある——けれどずいぶん久しぶりの圧迫感が生まれる。

「……っあ、」

「カオ」

思わずこぼれた声を宥めるためにか、低い声とともに顔のすぐ傍で気配が動く。うなじのあたりを吸われる感触に、びくりと大きく肩が揺れた。いったん離れていったはずの手のひらにまたしても脚の間を捉えられて、思わず音のような声が出る。続きのように喘ぐ喉をひと嘗《な》められ、小さく跳ねた腰をきつく抱かれて、さらに深く押し入る体温をただ受け入れた。

「……カオ、」

直接耳に流し込むような声は吐息に似て、それだけで強《こわ》ばっていた腰から力が抜ける。見

透かしていたように強くなった圧迫感は、同じだけの熱を含んで火傷《やけど》するようだ。

耳元で有田が深い息を吐く、それだけのことで背骨のあたりがぞくりとした。耳元に落ちるキスはひどく優しく落ち着いているのに過敏な箇所をまさぐる手は執拗で、そのギャップに気持ちだけでなく身体までもが反応する。

「ん、……ぅん、——ぁ、っ……」

ゆるりと始まった波が、少しずつ大きくなる。浅くなっていた呼吸が、追われるようにもっと短くなっていく。断続的に送られる悦楽はおぞけにも似て、全身の肌が粟立っていく。ぴったり重なった肌から伝わる体温は香のそれより少し低くて、それがひどく心地いい。今にもほどけて落ちそうになる指に力を込めて、必死になってしがみついて、けれどふいに引き剝《は》がされた。わずかにも離れるのが厭でむずかるように首を振ったら、顎を取られて舌先が絡むキスをされる。

「う、ン……っ」

喉の奥で上がった声に応えるように、やんわりと舌先を噛まれる。痛みに近いその感覚が、間を置かず熱を帯びた別のものにすり替わるのがやけにはっきりわかった。無意識に動いた手で恋人の顔をまさぐって、ほんの少し荒れた頰を包んでみる。

「——りた、さ、……すき、です。ほん、とに」

勝手にこぼれた告白に、ピントが合わない距離で香を見ていた目元がほんの少し柔らかくなる。肯定なのは読み取れて、それで十分だと思った。潜り込むように香の耳朶に顔を寄せられ、もとから弱いその箇所になぶるようなキスをされて、身体の奥が勝手に反応する。

「カオ、――」

耳元で名を呼んでくれた声が、続けて短い言葉を告げる。目元よりも明確な返答に、胸の奥を掴まれた気がした。

今までと違って当たり前だと、実感した。

だって「今まで」は「仕事」だった。けれど今は「仕事」じゃない。香が望んでいるのはご主人さまじゃなく有田で、有田が望んでくれているのもペットじゃなく香だ。

今だけじゃなく、「その時だけ」でもない。契約じゃないから期限もない。義務じゃなく、自分で選んだ。――選ぶことが、できるようになった。

有田だから、一緒にいたいのだ。誰でもいいわけじゃなく、ひとりでいたくないだけじゃなく。この人といれば大丈夫だと、そのままの自分でいてもいいんだと思えた――。

「……んで、」

大きくなった波に置いて行かれないよう、しがみつく腕に力を込める。無意識にこぼれた自分の声を聞いて、他人事のように何をと思った。けれどそのまま止めずにいたら、その声は小さく細く、けれどはっきりと言葉を続ける。

「カオ、じゃなく、て――コウって、呼んで」

「――コウ？」

低い声が少し怪訝そうに、けれど頼んだ通りに繰り返す。それが嬉しくて、たぶん笑ったと思う。

「コウ」

呼ぶ声の後でキスをされる。それだけのことを、自分でも驚くほど嬉しいと感じた。

16

優しい手が、そっと胸のあたりに触れていったような気がした。

――昼寝の時や、夜に眠る時。癖のように、いつも同じ場所に、同じ強さで叩くと撫でるのちょうど真ん中くらいの力加減で、必ず二度。少し間を空けて、再び二度。

香《こう》が安心して瞼を落とすまで。とろりとした誘われた眠りの底に、落ちていくまで。

（いいこね、こう）

ある日唐突に消えた「母親」について、香がはっきり覚えているのはその場面だけだ。以前にはそれなりに鮮明だったはずの面影も、今はおぼろになってしまっている。

それなのに――不思議とその「声」だけは鮮明だ。焼き付けでもしたかのようにはっきりと、耳の奥に残っている……。

「……――れ？」

水の底から水面に浮かぶように、目が覚めた。

薄明るい室内は、見間違いようがない。添い寝が始まって以降ずっと寝起きしていた、有田の寝室だ。

けれど隣に部屋の主の姿はない。広いベッドの上、転がっているのは香だけだ。

――もしかして、全部夢だったんだろうか。有田が告白してくれたのも恋人同士になったのも、……「ペット」じゃなくていいと言ってくれた、のも。

いや違う、そんなわけがない。そう思うのに、いったん芽吹いてしまった不安は消えない。どうにも落ち着かなくて身を起こして、その後になって気付く。

……ちょっと待て、今はいったい何時なのか。

改めて目をやった窓辺は分厚いカーテンが引かれたままで、けれど薄明るいのはとうに夜が明けているからだ。くっきりと、窓枠の形がわかるくらいの影が映っているから、時刻はそれなりに遅いはず、で。

「ぇ……ちょ待っ、いまなんじ、しごとっ」

瞬間的に飛び起きていた。そのままベッドから飛び出そうとして、

「――ぅ、え？」

踏ん張ったはずの膝が見事に笑った。きれいに崩れたバランスは摑まりどころもなく戻るわけがなく、それでも後ろに向かったのが幸いだ。半端に腰がベッドに乗ったのがワンクッションになって、その後でずるりと床まで落ちた。

「こし。抜けて、る……？」

膝だけでなく、腰にも力が入らない。身体のそこかしこが重怠《おもだる》く、わずかな動きでも軋むように痛い。

「な、んで」

狼狽《うろた》えて見下ろして気付く。香が着ているのは、サイズが大きすぎるシャツ一枚きりだ。おかげでべたりと床についた腰から脚が、あっというまに冷えていく。口に出すには躊躇う箇所に居座る違和感は、間違いなく「仕事」のオプションについて回るもの、で――。

「じゃあ、ゆめ、じゃない？……」

でも。だって、それにしては。浮かんでくるいくつもの違和感に茫然とした時、ドアをノックする音がした。

返事を待たず開いたドアから、有田が顔を覗かせる。床にへたり込んだ香を見るなり、慌て気味に中に入ってきた。

「また落ちたのか。どこか痛みは？　気分はどうだ？」

掬い上げるようにベッドに戻され、矢継ぎ早な問いとともに覗き込まれる。まだ思考が働かないままどうにか首を横に振ると、男が目元を和らげるのがはっきりわかった。瞬いて見返すばかりの香の眦を撫でて、今気付いたように「おはよう」と声をかけてくる。

全身から、気力が全部抜けるくらい安堵した。

「お、はよ、ございます……えと、有田さん、仕事、は」

「休みにした。確か、もう大学はないはずだな?」

「あ、はい。試験も終わったしレポートも出したから、あとは追試や再提出がなければ」

「そうか」と返して有田が、口角をわずかに上げる。それだけで機嫌がいいんだと察しがついて、ついへらりと笑ってしまった。

まだ頬に触れていた指が、するりと動いて顎を捉える。ふっと気がついた時には有田の顔が目の前にあって、反射的に瞼を落とした——直後、

『ちょっとどうなってんの。カオくんは⁉』

「え。……しょちょう?」

聞き慣れた声に、思わず周囲を見回していた。けれど声の主の姿はどこにもなくて、戸惑ってつい目の前の人を見上げてしまう。

目が合った有田は何故か残念そうな顔をしていて、思い出したように手の中のスマートフォンを掲げてみせた。

「さっき電話があってね。カオの様子はどうだとしつこくされたあげく、声を聞かせろと脅された」

『ちょっと全部聞こえてるんだけど誰がしつこくてどう脅したって？』

もう一度響いた所長の声に首を竦めて、香の手の中に見覚えはあっても触ったことのない——有田自身のスマートフォンを落としてきた。画面に表示されているのは間違いなく所長の名前で、わざわざスピーカーにしてあるらしい。いいのかと目を上げた先、いつのまにか有田はこちらに背を向けドア口に向かっていた。

「ありた、さ」

置いて行かれると瞬間的に思って声を上げたら、振り返っただけでなくすぐさま引き返してくれる。それが嬉しくて安堵して、つい緩んだ顔で見上げてしまった。

「少し話しているといい。それと、今日は事務所には行けないと思うぞ」

苦笑交じりの言葉とともに頬を撫でられて、「それもそうか」と納得した。こうして座っていても少々きついのだから、確かに外出は無謀だろう。

頷いてスマートフォンを耳に当てたら、ご褒美とでも言うように頭を撫でられた。上目に見上げたとたんに齧るようなキスをされて、ついぼうっと有田を見つめてしまう。

『ちょっとカオくん？　そこにいるんだよね？　聞こえてるー？』

「あ、えと、はい聞いてますすみませんっ」

先ほどよりも尖った声が耳に入って、慌ててそちらに注意を向ける。低く笑った恋人が今度こそ部屋を出ていくのを、少し物足りない気分で見送った。


世の中には、気付かない方がいいこともある。

……ということを、思い知ったのは数分前だ。

「もう無理か。食べられない？　口に合わないようなら何か別のものを買って――」

「え、あ、う……えと、平気です食べますありがとうございますっ」

言いざまに、動こうとした人の袖を慌てて摑む。ちなみに距離は「摑めるくらい」ではなく「摑めない方がおかしい」だ。

所長との電話が終わるのを見計らったように戻ってきた有田は、どうやら香にベッドの上で食事をさせるつもりだったらしい。

（無理に動くな。食事はここですればいい）

（無理ですだっておれびょうにんじゃないですしっ）

（ベッドから落ちるなら病人枠でいいと思うが？）

（えと、駄目です無理ですちゃんとダイニングで食べますっ）

数分の押し問答の末の折衷案が、「リビングダイニングのソファでの食事」だったのだ。

おまけに移動そのものは有無を言わさず「運ばれた」。追加すればその時になって初めて、ベッドのシーツも自分の身体も着ている服まですっきり始末されていたのを知った。

こぼれかけた奇声を辛うじて飲み込んで移動したソファでは、「自分で座りたい」香と「身体が楽なように自分の膝に乗せたい」有田との間で攻防と相成った。結果、現在はソファに横並びでくっついた上、有田の腕に腰を抱かれ半ば寄りかかる形で座っている。

所長との電話自体は、数分で終わった。もとい、それで十分なくらい根回し済みだった。

(有田からひととおりの話は聞いたけど、念のため確認ね。要望書廃止の上での契約書見直しっていうのは本当にカオくんの意向かな。誘導とか無理強いはされてない？)

ないです、と即答したら、通話の向こうの所長が上機嫌になるのが気配だけでわかった。

(了解、じゃあ契約書は作り替えておく。急げば今日中には終わるけど、念のための確認と、あと今の契約の終了と再契約はいつにする？　有田はカオくん次第って言ってたよ)

できるだけ早くとすんなり言えた自分がすごく不思議で、同時にやけにほっとした。――ところに、特大の爆弾が落ちてきたのだ。

(でも今日は無理なんだよねえ？　一応訊いてみるけど無理強いはされてない？　本当に無事なのかなあ、壊れたりしてない？)

はい？　と返す声が妙な具合に右上がりになったのが、自分でもよくわかった。

(体力差っていうか純粋に体格差ってものがあるんだし、無茶されそうになったら蹴飛ばし

ても殴ってでも逃げなきゃ駄目だからね。そこは容赦しないように。じゃあそういうことで、都合がついたら連絡して）

あの所長が香の動揺を見逃すはずがないのに、きれいに流された。おまけにそのまま返事すら待たず、通話まで切られてしまったのだ。

完全に、バレている。しかも「とうに知っていたことを確認された」というヤツだ。

そして香にあそこまで言った所長が、有田に仄《ほの》めかさないわけもなく。

「ぇと、……所長に何か言われませんでした、か……？」

「何か、というのは？」

甲斐甲斐しくと言うべきか、香が手に取りやすいようにとスープカップは有田が手にしたままだ。それも持ち手を香の方に向ける形で、カップを直接握っている。

有田本人は、かなり前に起き出して先に食事も終えたのだそうだ。今、香が食べているサンドイッチとスープはマンションからほど近い、以前一緒に行った時に香が気に入ったカフェからテイクアウトしたらしい。

とてもありがたいとは、思う。けれど香は現状この家の家政婦で、こうまでお世話してもらうなどあり得ない。その一心で必死で抗議をした――のだが。

（おまえが動けない原因を作ったのは、私だと思うんだが……？）

不満そうに、あるいは怒りでもって言ってくれたら反論できたのに、例の「しょんぼり」

を使われてしまったのだ。泡を食って「そうじゃないです」と言ってみても有田の「しょんぼり」は晴れてくれなくて、結局は落ち着かないまま甘える形になっている。

「えと、……おれと有田さんのこと、とか」

言い方に迷って、結局は同じことかと開き直った。サンドイッチを握ったままでじっと見上げると、有田はあっさり「ああ」と頷く。

「無理無茶無謀禁止、本人の意向を最優先にきちんと話し合え、だそうだ。嫁にやるとはまだ言ってない、とも言っていたな」

「よ、め、……」

やはりと言うか、見事にバレている。

「えと、いいん、でしょうか。その、所長に知られてる、って」

「特に構わない、というより好都合だが？　もともと腐れ縁というか、長いつきあいだしな」

意外な言葉に、「え」と目を丸くしてしまった。

「……あの、でも有田さんて所長が苦手なんじゃないかって……その、うちの事務所にも今回のが初めての依頼だって、園子さんが」

「いや？　岸が開業して間もない頃に頼んだことはある。ただ少々面倒なことになってね」

何でも雇った家政婦が、有田と所長が親しい間柄なのをとても都合よく解釈したのだそうだ。詳細は濁されたが、色恋沙汰《ざた》が絡んで大変とんでもないことになったという。

「こちらが面倒で放置したことと、岸も当時はそこまで目が行き届かなかったのが原因だったんだが、お互いそれで懲りたのでね。以降はあえて依頼を避けていたんだが」

中野の後任が見つからないのを話の種にしたら、所長から「ちょうどいい人材が今フリーになってるけど？」と言われたのだそうだ。つまり要望書を読んでいなかったのも早々に契約書にサインしたのも、「所長が薦めるなら」という信頼からだったらしい。

「気になるか。岸には知られたくなかった？」

「い、え。おれは全然……その、有田さんが平気で、困らないならいいです」

「そうか」と返った声はごく短くて、けれど笑みを含んでいる。猫の子でも構うように頬を撫でられて、その手つきに安堵した。連鎖して、先ほどの起き抜けに見た夢を——昨夜、熱に浮かされた勢いで有田に言ってしまったことを思い出す。

「あの。再契約のことなんですけど……おれ、その機会に所長にお願いしようと思ってることが、あって」

「お願い？」

「はい。その——名前、を。本来のものに、戻そうかと」

戻す、と繰り返した有田が、思い出したように「ああ」と口にする。

「なるほど。だったらコウ、というのが？」

「はい。香水の『香』と書いて、コウと読みます。……その、前に言ったと思うんですけど、カオっていうのは通り名、で」

「コウ、か」

低くて通りのいい声で呼ばれて、じわりと頬が緩む。ずっと探していたものを見つけたような不思議な感覚に、自分の中が満ちていくような気がした。

……そういえば、今朝から一度も「カオ」とは呼ばれていない。有田のことだから、おそらく何か察してくれていたに違いない。

「はい。でも、そう呼んでくれてたのは母親だけ、で。叔父に引き取られてからはずっと『カオル』と呼ばれていました。その、すぐ読めないような気取った名前は分不相応だし、めんどうでなまいきだって。仕事を始めてからは適当にっていうか、好き勝手においとかアレとか呼ばれるようになってて——所長に引き取られてからもどのみちペットか代理しかできないし、だったら誰もおれの名前なんか気にしないし。それならどうでもいいやって、もう慣れてたからそういうものだって、そう」

訥々と続ける間も、有田はじっと香を見たままだ。

視線を合わせているのが少し苦しくなって、香は食べかけのサンドイッチに目を落とす。

少し躊躇いがちに続けた。

「事務手続き上だけのこと、ですし。別の仕事場に行くことになっても苗字を名乗るだけですし……だ、けど、有田さんにはそっちで呼んでもらえたらって——その、無理だったらいいんです。そんなつもりじゃなかったとはいえ、騙したようなもの、ですからっ……」

「騙されたとは思わないが？」

「え、」

深い声での問いに、思わず顔を上げていた。そんな香をまっすぐに見つめて、有田は言う。

「契約書の署名に振り仮名はなかったし、最初の時点で『カオ』は呼び名だと聞いてもいる。私としてはむしろ、どうして急にそれを言う気になったのかが気になるな」

言葉とともに、指の背で頬を撫でられた。瞬いて、香は自分なりに答えを探す。

「えと、……じぶんでも、支離滅裂な気がするんです、けど。そんなでもいいでしょうか」

「もちろん。今難しいようなら落ち着いてからでも構わないが」

「いえ、今の方が、いい気がしますから。……その、おれが覚えてる唯一の母親の記憶が、名前を呼ぶ声なんです。写真もなくて、顔もほとんど覚えてないし、母親の名前は知っててもどんな字なのかも知らなくて。だけど、おれを見守ってくれてたっていう感覚はあって
——そのせいかもしれませんけど、叔父にカオル呼びされた時はむしろ、ほっとして」

「コウ」という名前はきっと、象徴だったのだ。まだ大事にしてもらっていた頃の、優しく胸元を叩いてくれたあの手の主の——面影すら定かでない、母親の体温の。

「だ、から……仕事先でたまに名前を聞かれても、本当の名前を言う気になれなくて。だってそこでのおれって消耗品か、ペットか代理でしかなくて」

言い終える前に、不意打ちで抱き込まれた。

「わかった。もういい、十分だ」

そう言う声には痛みが含まれているようで、申し訳なさを感じるのと同じくらい安堵した。サンドイッチを握ったまま、頬に当たる有田のセーターに自分から擦り寄ってみる。頭を撫でてくれる手に心底安堵しながら、今さらに「そうだったのか」と思った。

香にとっての『コウ』という名前は、母親が残した唯一の形見でもあったのだ。だから、「どうなってもいい消耗品」の名前にしたくなかった。そのくらいなら大事に隠して、自分だけのものにしておきたかった。

「コウが望むようにすればいい。——岸は、その件については何と?」

「えと、戻したかったらいつでも言うようにって、最初の時に」

物言いたげな様子で、それでも最終的には香の希望を通してくれた所長を、思い出す。

「カオ」という呼び名を作ってくれたのが、そういえば所長だった。それはもしかしたら、所長なりの配慮だったのかもしれない。

今回のように、名乗っても嘘にならないように。あるいは香が「特殊」でいるのをやめた時のために。名前を戻せば、またやり直せるように。

今の今まで、全然気付きもしなかった、けれども。

「……おれ、全然足りてない、ですね。わかってないことばかり、で」

母親がいなくなった後の香が、最初に覚えたのは諦めだった。どうせ無理だと、言っても同じことだと駄目なら駄目で仕方がないと、見切りをつけることだけが得意になっていた。

仕事だからと割り切って、その場凌《しの》ぎで手に入るもので満足して、その先を求めない。手を伸ばしても届かないから、最初から手を伸ばそうとしない——それだって、結局は諦めだ。

思わずついたため息が耳に入ったのだろう、有田の指が顎に触れてくる。優しいけれど抗《あらが》えない力で顔を上げさせられ、目線を合わせるように見つめられた。

「コウに限らず、誰でもそんなものだと思うが？　私だって最初の一か月は十分ろくでもなかったしな」

「そんなことないです。有田さんは凄い、ですっ」

本当の名前で呼ばれるのが嬉しくて、けれど即座にそう口にした。意外そうにした有田の、自分の頬を撫でていた手に手のひらを重ねて香は続ける。

「気付いて謝ってくれて、やり直しまで申し出てくれましたよね。おれの方が年下だし、雇われてる側なのに」

「……中浦さんに言われなければ気付かなかったと思うが？」

「気付いても、すぐ動ける人ばかりじゃないです。それができた有田さんは、ちゃんと凄いと思います。なので、おれも頑張ります。有田さんの傍にいても恥ずかしくない、くらいに」

「恥ずかしいと思ったことはないぞ。そんな理由もないしな」

「生意気なのはわかりますけど、助けてもらってばかりは厭なんです。だから」

終わったことはどうにもならない。過ぎた時間は戻らない。やったことはどうしたってやらなかったことにはならないし、その逆だって同じことだ。そんなの、厭というほど知っている。

でも、「だから最初から、何もかも諦めていい」ことにはならない。

今、香がここでこうしていられるのも、恋人同士になれたのも全部、有田のおかげだ。他でもない有田が「諦めなかったから」。自分の過去と向かい合って「間違っていた」と、「だからやり直したい」と言ってくれたから。

だったら——少しでもいいから、追いつきたい。

簡単に追いつけるなんて、もちろん思わない。時間をかけて頑張って、それでもきっと今ある差を維持するだけで精一杯だ。

だって、有田は香よりずっと年上だ。香以上に世の中を知っているし、きっといろんな体験もしている。香が追いつこうと頑張る間にも、きっと新しい知識や体験を手に入れている。

でも、だからこそ。せめて、その差が広がらないように。少しでも狭くなるように。

ぐっとこぶしを握った香を見つめて、有田は少し困った素振りをする。香の頰をするりと撫でて言った。

「今のままでも、コウはよく頑張ってると思うんだが」

「おれが厭なんです。少しでも、釣り合ってると思えるようになりたいです、し」

寄りかかって甘えたまま、気付かずに過ごすことはしたくない。

せっかく貰った気遣いを、知らないままではいたくない。

だって、それは有田の気持ちだ。すぐに報いることはできなくても、好きでしていることだと言ってもらえても、せめてちゃんと「気付いて」いたい。

「やりすぎ注意だな。——ああ、私が見張っていればいいのか」

呆れ顔で言う恋人が、けれど最後の一言で表情を和らげる。あまり表情を変えない人の珍しい変化につい見惚《みと》れていたら、気配とともに吐息が寄ってきた。そのまま落ちてきたキスはやっぱり優しくて、香は空いた方の手で恋人の袖を摑む。

「香」

キスの合間に、また名前を呼ばれる。今日聞いたその響きを、ちゃんと覚えておこうと心から思った。

あとがき

お付き合いくださり、ありがとうございます。ここ数か月で、怒濤が全面ひっくり返しに発展して唖然愕然茫然としている椎崎夕です。

世の中、何が起きるかわからない。のは、よく知っているつもりだったのですが、まさかこうなるとは……という状況に現在進行形で直面中です。

うん、予想とか予測とか予断とか、全然役に立たないわー。考えるだけ無駄かもしれない。

今回の話は、ブルドッグと兎です。もとい、傍目に全然思考が読めない人と、他人に弱みを見せるのが致命的に苦手な人です。書いているさなかにつくづく思ったのは、「おまえら勝手に予想して決めるんじゃなく、ちゃんと話し合え」でした。ある種の頑固者という意味では似た者同士かもしれませんが。

まずは、挿絵をくださった亀井高秀さまに。

ラフにて拝見した兎&ブルドッグに、「そうかこういう人たちなんだー」と納得してしまいました……ありがとうございます。本の仕上がりがとても楽しみです。

そして、毎回お手数とご面倒をおかけしている担当さまにも、心より感謝申し上げます。本当にありがとうございました。

末尾になりましたが、この本を手に取ってくださった方に。ありがとうございました。少しでも楽しんでいただけたら幸いです。

椎崎夕

✦初出　恋を知るには向かない職業……………書き下ろし

椎崎 夕先生、亀井高秀先生へのお便り、本作品に関するご意見、ご感想などは
〒151-0051 東京都渋谷区千駄ヶ谷 4-9-7
幻冬舎コミックス　ルチル文庫「恋を知るには向かない職業」係まで。

幻冬舎ルチル文庫

恋を知るには向かない職業

2022年3月20日　　第1刷発行

✦著者	椎崎 夕　しいざき ゆう
✦発行人	石原正康
✦発行元	株式会社 幻冬舎コミックス 〒151-0051 東京都渋谷区千駄ヶ谷 4-9-7 電話 03(5411)6431［編集］
✦発売元	株式会社 幻冬舎 〒151-0051 東京都渋谷区千駄ヶ谷 4-9-7 電話 03(5411)6222［営業］ 振替 00120-8-767643
✦印刷・製本所	中央精版印刷株式会社

✦検印廃止

ISBN978-4-344-85025-5　C0193　Printed in Japan